いろは堂あやかし語り

怖がり陰陽師と鬼火の宴

角川文庫
24368

目次

第一話　川姫の婚礼

序

夜明け近くの寅の刻、江戸の街はまだ静かに深い眠りについている。

春になったとはいえ、なお夜は底冷えがする。路地をうろついている野良犬の遠吠えも、掠れていかにも寒そうだ。

東の空の三日月は、冷たい空気で顔を洗ったかのように煌々と輝き、下界を照らしていた。幾千もの屋根瓦がその光を反射し、月からはまるで夜の海のように見えるだろう。

そんな夜の中に、ちろりと火が灯る。

その火は材木置き場にある真新しい木材の上に踊った。若い白木にはなかなか火は広がらない。

火の前にかがみ込んでいた男は、尖った口からふうっと息を吹きかけた。するとあっという間に大きな炎になる。

炎に照らされて男の顔が白く浮かび上がる。異様な顔だった。大きな丸い目と土瓶の口のように尖った細い口、つるりとした頰に光が反射する。

そう、それはひょっとこの顔だ。男はひょっとこの面をつけ、紺地の手ぬぐいをほっかぶりしている。

面に描かれた目に炎がチロチロと映っている。通常、そこには穴が開き、かぶった人間が外を見られるようになっている筈なのに、その穴はなかった。

ふうっともう一息。炎がごおっと大きくなった。ひょっとこの面に描かれた目が、炎を見つめてにたあっと嗤う——。

「見つけたぜ！　火付けめ！」

その背中に大声がかけられた。ひょっとこが振り向くと、闇の中に黒々と大きな男が立っている。刀を腰にたばさんでいるので武士だとわかった。

「さんざんあちこち火をつけやがって！　おかげでこちとら寝不足だ！」

大柄な武士はのしのしとひょっとこ面の方へ歩いてきた。

着物の裾を短めの括り袴の中へ押し込み、膝下はきりりと脚絆で巻き上げ、すね当てをつけている。足は草履でも下駄でもない革の沓だ。上衣にはやはり革の胸当てをつけ、手には弓を持っていた。

「観念してその面を寄越せ」

武士は怒鳴ると弓を構えた。その瞬間、ひょっとこ男は猿のように跳躍して、向かいの家の屋根にあがる。

「あっ、この野郎！」

急いで方向を変えた武士の矢がひょっとこ男の足を射貫いた。ぎゃっと悲鳴を上げてひょっとこ男が屋根から転がり落ちる。

「虎丸！」

もう一つ、若い声がかかった。

「だめですよ！　体は普通の人なんですから、怪我させないで！」

「そんなこと言ってたら逃げられちまうぞ、ハル！」

「私が動きを止めます！」

後から走ってきた若い男は指の間に二枚の薄紙を挟み、それに息を吹きかけた。起き上がろうとしているひょっとこ面の男に指を向けると、「やっ！」と気合いを込めて投げつける。

薄紙には文字が書かれている。赤い五芒星も描かれたそれは、陰陽師が使う符だ。符は生きているもののように、起き上がろうとしたひょっとこ面の男の体に貼り付く。男の動きが縫いとめられたように止まった。

「虎丸、面を割って！」

「おう！」

のたうって逃げようとしている男の正面に回ると、武士は腰から刀——それは江戸の世ではあまり使われていない反り身の太刀——を抜き放ち、上段に振りかぶった。

「——っふ！」

呼気と同時に面が真っ二つになる。そのとき、かぶっていた男からではなく、確かに面から声のない悲鳴が聞こえた。

どさりと男の体が地面に落ちる。若い陰陽師は後始末を武士に任せて、燃え上がっている材木の方へ走った。炎は材木の上の方にまで燃え移っていて、このままでは並んでいる他の材木にも燃え広がりそうだった。

「水虎！　水虎！」

陰陽師は声をあげた。するとその声に応えたかのように、屋根の上に魚の尾を持った虎の姿が現れた。

「水を！　お願いします！」

二体、三体と増えた水虎は、口から水を放出した。それは勢いよく炎を呑み込み、あっという間に消火してしまう。

「よかった、間に合った」

陰陽師はほっと肩を落とし、そばに寄ってきた異形の虎の頭を撫でた。虎はごろごろと喉を鳴らし、陰陽師の足にすり寄る。ばたんばたんと音がするのは、魚の尾で地面を打つからだ。

「ありがとう。面の行方を追ってくれたばかりか苦手な火まで消してくれて……助かりました」

陰陽師は懐から塩の塊を出すと、それを水虎に与えた。三体の水虎たちはそれを鼻先で放り上げながら、屋根の上へ飛び上がって行く。

「初仕事にしちゃ、上出来だ」

武士はそれを見送り、笑った。

「水虎どもが雁首そろえて屋敷にやってきたときは、お礼参りにきたのかと思ったが、ほんとの意味でのお礼だったとはな」

武士と陰陽師は、以前土木工事の邪魔をする水虎を退治したことがある。そのさい水虎たちは地面に埋められていた生き仏さまを守っていたことがわかったので、生き仏さまをお堂に移し、水虎たちが自由に参拝できるようにしてやった。水虎たちはあとから礼にやってきて、陰陽師の従怪となったのだ。

「で、こっちはどうする？　放火の罪で番所に突き出すか？」

ぐったりと意識を失って壁にもたれているのは中年の町人だ。矢で射貫いた足には応急の止血が施されている。

「この面に取り憑かれてやっただけなんです。なにをしたかも覚えていないでしょう」

陰陽師は割れた面を拾い上げて言った。

「とりあえず迷い人ということで番所に連れて行きましょう。怪我もしているし……」

「承知」

武士は町人をひょいと自分の肩の上に担いだ。

「これで普請奉行の面目も立つな」

「窪塚さまからの紹介と言われれば引き受けるしかないですからね」

ここ数日江戸の町を騒がせている火付け。奉行所も火付盗賊改方も出張って調べていたが、陰陽師は窪塚の紹介である同心・坂本から「呪いの面」の情報を得た。

ひょっとこ——火吹男の面が人に取り憑き火付けをしていると。それはもう面ではなく、一個の妖怪であると。

坂本はそう信じていたが、他の誰も信じてはくれない。思いあまって、土木工事の時に妖怪と対峙したという普請奉行の窪塚に相談し、そして紹介されたのが本所松倉町のむくどり御殿。

そこには陰陽師いろは堂の寒月晴亮と、八百年前の平安の世から鬼を追ってやってきた武士、虎王院虎丸がいた。

一

昨日、捕まえた火付けの報告をすると、依頼人の坂本は大喜びで報酬を払ってくれた。これは奉行所から出るわけでなく、坂本の懐から出る。だが、割れたひょっとこの面を金貸しの古天堂(こてんどう)へ持って行くと高値で買い取ってくれるので、痛んだ懐もすぐに手当できる。

その話は晴亮が教えた。古天堂の店主治平(じへい)は金貸しではあるが、趣味としてこうした不思議で珍奇なものも蒐集(しゅうしゅう)している。いろは堂が今まで退治した妖怪の死体や道具なども買い取ってくれたと話すと、坂本は安堵(あんど)したようだった。

「私がひょっとこ面の呪いの話をすると、黒船が来るようなこのご時世になにを馬鹿なことを言っているのだとみんなが笑います。呪いや妖怪など絵草子の中にしかないことだと。確かに以前よりそういった話は少なくなったでしょう。けれど私は、そういったものはこの日(ひ)の本(もと)が出来た頃より存在し、これからさきも暗闇や湿った草葉の陰に潜んでいると思っております。武士のくせになにを言うかと思われるでしょうが、私はそういった存在を大切にしていたいのです」

坂本は武芸よりも書物を読むほうが好きだと言う。

「窪塚どのの知り合いに陰陽師の方がいらっしゃってよかった」

あやかしを信じていると恥じ入るように笑う彼に、晴亮は好感を持った。

黒船が来て、ついこの間は大老が江戸城付近で殺され、天下は大きく揺れている。そんな中で妖怪だあやかしだ、などと言うのはいかにも稚気じみていると思われるだろう。

しかし彼らがすぐそばにいることを晴亮はよく知っている。同心の中に怪しのものの存在を信じてくれる坂本のような人間がいて嬉しいと晴亮は思った。

とりあえず坂本からの報酬で今日は少し贅沢をしようと、夕方から吾妻橋近くの居酒屋に繰り出していた。普段の料理は一汁一菜の節約飯なので、物珍しい献立に、虎丸は大喜びだ。

「この厚揚げ豆腐ってやつ、うまいな！　うますぎる。江戸は美味しいものがたくさんあっていいな！」

「虎丸、厚揚げ豆腐はひとり二切れだよ。あっ！　それに手をつけちゃだめ！」

甲高い声で叫んで虎丸の箸を止めたのは、晴亮の弟子の伊惟だ。十歳になったばかりの彼はいろは堂の家計を握っている。

「うるせえなあ、おまえら江戸もんは食い飽きたもんだろ。俺は初めてなんだから融通しろ！」

「食い飽きるほど食ってないよ！　大体稼いでも稼いでもあんたが食べちゃうし、師匠は紙くずを増やすし！」

「紙くずって……大事な資料だよ」

晴亮は遠慮がちに言って自分の皿にある厚揚げを、そっと伊惟の皿に載せた。

「しかしほんとに江戸の食い物は美味いな！　京で食ってたものは豆ばっかだぜ」

八百年も昔の京の食事と今の食事では種類も味付けも違うだろう。とくに虎丸がいた時代は長い平安の中でも鬼や魔物が彷徨する闇の時代だ。町は寂れ、人は飢え、病が流行っていた頃でもある。

「まだまだいろいろ美味いものがあるんだろうな。楽しみだ」

そう言った虎丸の耳が「……とびきり美味い刺身……」という言葉を捉えた。振り向くと男が三人、卓を囲んで話をしている。

「……そうなんだよ、その店じゃとびきり新鮮で美味い刺身を出すっていうんだ」

どうも別の店の話をしているらしい。

「ただ場所がわかりにくい。吾妻橋の辺りらしいってだけで、川上なのか川下なのか、それに店もやってたりやってなかったり」

男は酒を口に運びながらぼそぼそと話している。

「それでも何度かこの辺りに通ってその店を見つけたそうなんだ」

「ほう、それで刺身は食えたのかい？」

「うーん、それがなあ……」

それきりだんまりになってしまったので、虎丸は我慢できずに口を出した。

「おい、どうなんだよ。そのとびきり美味いって刺身、食ったのか？」

急に声をかけられて、三人の男たちはぎょっとした顔で振り返った。

「あ、ど、どうもすみません、お話し中……」

晴亮は慌てて謝った。

「どうも食い意地が張っているもので、美味しいお話につい口を出してしまいました」

言いながら虎丸の着物に手を掛けてひっぱる。

「駄目ですよ、人の話に口を出しちゃあ」

「だって気になるじゃねえか」

虎丸は自分の前にある徳利（とっくり）を持つと、立ち上がって男たちの卓に寄った。

「ほら、俺のおごりだ。飲ませてやるから聞かせてくれよ、その話」

「あ、ああ」

ぐいぐいと迫ってくる無邪気な侍に、男たちはおっかなびっくり酒を受けた。

「ええっと、じゃあどこまで話したっけ」

ぼそぼそ声の男がやはり小さな声で言う。

「店が見つかったってところからだ。食ったのか食ってねえのか」

「ええっと、その」

男は杯をぐいと呷(あお)ると、背筋を伸ばして仲間の男たちや虎丸の顔を見た。

「俺のダチの話だよ。川っぷちで見知らぬ店を見つけて入ったんだ。店と言っても屋台のでかいやつでね、下の川で釣れた魚をすぐさま刺身にして出すっていうんだ。そりゃあ新鮮だよ」

うんうん、と他の男たちもうなずく。

「そこで出たのは白い大皿の上に載った白身の刺身でね。ほんのり桜色をしていてきれいな切り身だった。ダチはそれに醤油(しょうゆ)を一垂らし、口にいれたらえもいわれぬ味だったそうだ。甘味があって、ぷりっとした歯ごたえがあって、今まで食べたことのない魚だった」

ごくりと虎丸の喉(のど)がなる。男が「ぷりっと」と言ったところでは、思わず口を動かしていた。

「夢中になって食べたっていうんだ。うまいうまい。それで半分くらい食べたところで魚を持ってきてくれた女が——たぶん女中だな、可愛い顔をしたその娘が——」

『おにいさん、おいしい？』

娘はにっこり笑った。客は口いっぱいに刺身をつめこみ、こくこくとうなずいた。

『そう、じゃあいっぱい食べてね』

娘はそう言うと着物の裾（すそ）に手をかけて、それを持ち上げた。そこにあったのは娘の白い太ももではなく、肉をそがれた魚の尾。

『あたしのおにく――』

聞いていた男たちは悲鳴を上げ、晴亮はぶっと口に含んでいた酒を噴きだした。虎丸もあんぐりと口を開けている。

話している男は周りの反応を楽しんで、オチにとりかかった。

「それでダチは悲鳴を上げて店を逃げ出した。走りながら振り返って見ると屋台は生き物のようにずるずるって這（は）って川の中へ入っていったそうだ。家に逃げ帰ったダチはそれから三日の間なにも食えずにぶるぶる震えていたって話だ」

「なんだ、ただの怪談か」

つまらなそうに言ったのは伊惟だ。焼いた干物をぼりぼりと頭からかじっている。

「いやいやいや、ほんとの話だって。俺とダチはもう二十年のつきあいで、あいつが作り話をしないのはよく知ってる」

「いやおまえ、そりゃ担がれたんだよ」

男の仲間が笑いながら言ったがその声には力がなかった。

「そうだよ、腰から下が魚なんてそりゃ」

「下半身が魚の女というならそりゃ人魚ってやつだ」

虎丸が男に言った。

「戻橋の師匠に聞いたことがある。人魚の肉を食うと不老不死になるって。そのダチがこれから先年をとらなきゃほんものだ」

「へえ、不老不死」

「そいつはうまいことやったな」

男の仲間たちは勢いを取り戻して騒いだ。

「その吾妻橋ってそこにある橋か？」

虎丸が聞いた。虎丸は江戸にやってきてまだ間がない。橋の名前もうろ覚えだ。

「ああ、こっちとは逆に小梅の方へ上って……おいおい、行くつもりなのか？」

隅田川の東側は、対岸の浅草や吉原のある賑やかなものとは違って、田や畑が広がる田舎で夜はかなり暗い。

「おう。面白いじゃねえか。下半身が魚の虎なら飼ってるが、人魚は見たことはねえ」

「下半身が魚の虎ぁ？」

「そりゃどういう化け物だよ」

「ハル、伊惟。行ってみようぜ」

虎丸は酔客たちを無視して立ち上がった。すぐさま飛び出していきそうな勢いだ。

「や、ちょっと待ってください、まだ食べ終わってない」

「そうだよ、最後まできれいに食べなきゃ勿体(もったい)ない」

「面倒だな」

虎丸はそう言うといきなり手を伸ばして晴亮の前にある煮物の鉢と、伊惟の残りのししゃもを取り上げた。

「ああっ！」

伊惟が叫ぶ間もなく両方とも一緒に口の中に入れてばりばりもぐもぐとかみ砕き、飲み下す。

「馬鹿馬鹿！　なにすんだ、おいらの干物！」

「私の含め煮！」

「ほらお終(しま)いだ。さっさとでるぞ」

虎丸はべろりと口の周りを舐(な)めると、さっさと店を出てしまった。

大川(おおかわ)は吾妻橋の上流で隅田川と名が変わる。隅田川・大川は江戸の物流の要(かなめ)であり、さまざまな絵に描かれた名所を抱え、人々に愛されている川だ。

ただ氾濫(はんらん)も多く、それを解決するために八代将軍吉宗(よしむね)が墨堤(ぼくてい)と呼ばれる堤を築いた。堤の上には桜が植えられ、行楽地となっている。

一説には人々に花見を楽しませて歩き回らせ、土手を踏み固めて堤を強化しようという意図があったという。晴亮たちが向かった先にもきれいな柳の並木がある。その柳はようやく若芽を出したばかりで、川からの風にそよそよと細い枝をくゆらせていた。

「大体このあたりって言ってもあてどなさすぎるでしょう」

歩くのに飽きた伊惟が文句を言い始める。確かに川沿いを歩き始めてもう四半刻（しはんとき）、穏やかに流れる川の他には人の姿もない。

「もうじき人家もなくなりますよ……」

三人はひとつの提灯（ちょうちん）を提げていたが、それは足下くらいしか照らさず、心細いことこのうえなかった。右手側はすでに田んぼばかりだ。

「店を出る間際にさっきのお客さんたちが言ってたじゃないですか、あの屋台の話の他に河童（かっぱ）に引きずりこまれるとか、川から手が出ておいでおいでしてるとか、土左衛門が歩いてくるとか……このところそういう怖い話が多いんですよ、この辺り」

晴亮は身をすくめてびくびくと歩きながら言った。

「それで夜中はめっきり誰も通らないとか」

「師匠（せんせい）は怪談嫌いですものね」

伊惟が軽く言う。暗くて見えないがきっとにやにやしているのだろう。

「妖怪退治が本業の陰陽師がそんなことでどうするんだ」

虎丸が大きな手で晴亮の背中を叩く。

「痛い！ そもそも私は妖怪の研究をするのが好きなだけで、面と向かって退治するのはきらいなんですよ！ 怖いしおっかないし」

「今更そんなことを主張されてもな。あと怖いのとおっかないのは一緒だ」

「怪談はね、幽霊や妖怪が出てくる前の段階の、出るぞ出るぞって雰囲気を盛り上げていくところが……」

「あっ！」

突然伊惟が声をあげ、晴亮は飛び上がった。

「な、なに」

「あそこ、灯りがともりました」

伊惟が指さす方を見ると、道の川側の方に小さな赤い提灯が見えた。

「あれが噂の屋台か？」

「いや、本物の屋台じゃないですかね」

近づくと屋根のついた屋台で、白い暖簾の下にすでに三人ほどの男の姿が見えた。細長い床几に座り、屋台の食事台に顔を寄せて、箸でなにかをつついている。

「伊惟、声をかけてみて」

「えぇー？　師匠がやってくださいよ。私は子供ですよ」

「いいんだよ、子供の方が警戒されないから」

伊惟はぶうっと頬を膨らませたが、渋々屋台に近づいた。屋台は造りもしっかりしており、提灯も年季が入り、とてもまやかしには見えない。

「あのぅ、……こんばんは」

「はい、いらっしゃい」

おすおずとかけた声に威勢のいい声が応(こた)える。

「あの、お店やってらっしゃいますか？」

「はい、やってますよ、自慢の刺身料理。でも少し待ってね、今お客さん満員だから」

鉢巻きを締めた坊主頭の板前が、ぎらりと柳刃包丁を掲げた。

「はあ……」

伊惟はもっと近づいて、顔を伏せている三人がなにを食べているのかと肩越しに覗(のぞ)き込んだ。

「うわあっ！」

伊惟が悲鳴をあげてひっくり返る。

「伊惟⁉」

「どうした！」

地面に腰をつけてあわあわと呻いていた伊惟は、震える指で屋台を指さした。

「さ、さし、さしみ……」

虎丸が身を翻しのれんを払いのける。三人の男の頭越しにつついてる皿を見て、うっと詰まった声をあげた。

「いったいなにが……」

晴亮も覗いた。そして盛大な悲鳴を上げる。皿の上には人間の上半身が載っていて、胸の肉が薄切りにされて盛ってあった。

「てめえらっ！」

虎丸が刀を抜く。その瞬間、屋台がふわりと空に舞い上がった。客も板前も皿の人間も一転ぺらぺらとした紙のようになって一緒に夜空に舞う。

「化け屋台め！」

赤い提灯がぱくりと口を開けケラケラと笑った。そのまま川の方へ飛び、あっという間に流れに入った。

「逃がすか！」

「待って！　虎丸！」

追いかけようとする背中に晴亮が叫ぶ。

「夜の川は危険です。相手の領分に入ってはいけない、戻れなくなる」

おっとっと、と虎丸はたたらを踏み、その場に留まる。

「じゃあどうする。水虎でも喚ぶか？」

「いや、水虎は水の眷属だからこの川の妖怪と揉めさせるのは可哀相です。それに」

「それに？」

晴亮は少し考えて、自信なげに答えた。

「——彼らは別に人の命を奪おうなんてしてない。ただ怖い目に遭わせて驚かせるだけのようだし」

その言葉に虎丸も伊惟もうなずいた。

「まあ確かに俺たちが人肉食わせられたわけでもないしな」

「第一あれ、紙みたいでしたよね」

晴亮はそしらぬ顔で流れている川に目をやった。

「……驚かすだけ……もしかしたらそれが目的なのかな」

「なんのために」

「さあ……。妖怪の考えることですから」

川が答えを返すはずもなく、晴亮たちは疑問を抱えたままその場所をあとにした。

二

晴亮たちが遭遇した屋台の話は、虎丸が他の居酒屋で大げさに話したせいであっという間に広まり、吾妻橋の上流を夜歩きする人間はいなくなった。

昼間はさすがに化け物も出ないだろうということで人通りはあるが、それでも以前よりは少ない。

晴亮と虎丸はしばらくしてから昼間にそこを歩いてみた。化け屋台に出遭ったときには小指の先ほどの若芽だった柳が、今はすっかり葉を伸ばしている。

その木の下に年寄りが一人、釣り糸を垂れていた。化け物話の最中にいい度胸だ。

「こんにちは」

晴亮は声をかけてみた。ここで釣りをするなど、もしかしたら人間ではないかもしれないと懐の中で符を挟む。

「はい、こんにちは」

老人はにこにこと愛想のいい笑顔で答える。

「おじいさん、この辺りはいろいろ物騒な噂のある場所ですよ。こんなところで釣りとは怖くないんですか？」

「ああ、」

老人は大きく口を開けて笑った。

「そうみたいだのう。だがおかげで人が減って魚も安心しとるのか、最近よく釣れるんじゃ。……ほりゃ」

老人が釣り竿をあげると、そこに大きめのきちぬ（鯛の仲間）がかかっていた。老人は魚の口から針を取ると、ほくほくとびくにいれる。

「それに怖いものは夜にしか出ないようだからの、昼間は平気じゃろ」

豪胆なのかのんきなのか、老人は再度釣り糸を川に投げ込んだ。

「そうだ、ハル」

虎丸がわかった、というように目を輝かせて振り向いた。

「このへんの怪談や化け物の話、そいつぁ妖怪が振りまいているんじゃねえか？」

「妖怪が？　なんのために」

虎丸は得意げに言ってそっくり返った。

「人を恐がらせて近づかなくさせるためだ。じいさんが今言ってただろ、人が少なくなって魚が増えたって。それだ」

「え？　どれ」

話が見えずに晴亮は首をかしげた。それに虎丸がじれったそうに続ける。

「だから。魚を増やしてるんだよ。妖怪共は魚を食ってるんだ」

「ええー？」

妖怪が魚を増やすために人を驚かしている？　どうもピンとこない。

老人は二人に穏やかに声をかけた。

「わしはこの川でずっと釣りをしておるが、化け物の話というのは聞いたことがなかったよ。今年に入ってからいきなりじゃな」

「まったくなかったんですか？」

長年ここで釣りをしているなら、川の怪異についてよく知っているかもしれない。

「そうじゃ。まあ主がいるらしい、というのは伝わっておったがな」

「主？」

老人は釣り竿を置いて、両手をめいっぱい広げた。

「ああ、人ほどもある、こおんな大きな鯉が泳いでいたというのを見たものもある」

「それは……」

晴亮は対岸に目を向けた。これだけ大きな川ならそんな大きな魚がいても不思議はないかもしれない。

「人ほどもあるって、それは海豚じゃないんですか？」

「そうじゃのう、わしもそうじゃないかとは思ってるんだが」

老人は竿を持つと、もう一度川面に糸を投げ入れた。

「いるかってなんだ？」

二人の会話を聞いていた虎丸が膝に手を置いて体を乗り出した。

「あれ、虎丸は知らないんですか？」

「ああ、きいたことがない」

虎丸は平安の時代、検非違使だった。検非違使は京の中心、平安京だけを守護する。海になどいったことはないだろう。

「大きな魚ですよ。普通の魚と違ってうろこがなくてつるっとしてる。本当は海に棲む魚なんだけど、ときどき間違えて川を上ってきてしまうんだ。このへんは海水も混じってますからね」

「へえ」

虎丸は隅田川の流れに目を向けた。

「それにくちばしもあって、おまけに鳴くんです」

晴亮がそう続けるとうろんな目つきで振り返る。

「……おまえ、俺が知らないと思って嘘つくなよ」

「嘘じゃありません。ほんとですよ」

晴亮と虎丸の言い合いを老人はにこにこしながら聞いていたが、

「おっ!?」

急に竿を引いて声をあげた。

「おおお、こりゃ重い！　おまえさんたち、手伝ってくれんかの」

老人は立ち上がって足を踏んばった。竿の先はしなって激しく揺れていた。

「よし、任せろ」

虎丸が竿を握る。

「網を、網を」

老人の声に応えて晴亮が魚をすくう網を手にした。

釣り糸がぐうっと向こうへいったかと思うと、急にこちらに向かってくる。そうかと思うとぐるぐると回り出した。

「無理にひきあげずに疲れるのを待つんじゃ、少し遅くなったら一気にひきあげよう」

老人の指示で虎丸は竿を固定するだけに徹した。川の面にざざざと水飛沫があがる。

「お、少し大人しくなったぞ」

竿に伝わる手応えに虎丸が声をあげた。

「今じゃ！　引き上げよう」

「よし！　行くぞ。ひの、ふの……みぃっ！」

老人と虎丸が二人で呼吸を合わせて一気に竿を引き上げる。ばしゃんと大きな水飛沫があがり、大きな魚の姿が青空の中に舞い上がる。

「うわあ」

晴亮は網を持って右往左往した。

「ハル！　手で受け止めろ！」

虎丸が怒鳴る。晴亮は網を捨て、魚が地面に落ちる前になんとかそれを受け止めた。

「お、重い……っ！」

魚は激しく尾を振って、びちびちと晴亮の腕の中で暴れる。真っ赤なうろこが美しい鯉だった。

「でかいな、びくになんざ入りそうにないぞ」

確かに魚は大きかった。晴亮の半分ほど、伊惟と同じくらいの大きさがある。

「たらいを借りてくる。魚は草の上に寝かせておいておくれ」

老人はそう言うと急いで土手の下に走っていった。このあたりにはまだ民家がちらほらとある。

「このままじゃ干上がるな」

虎丸は川に入り、手ぬぐいを水に浸した。急いで戻ってきて濡(ぬ)れたそれで魚を巻く。

鯉はまだ逃げようと身をくねらせていた。

「ずいぶん大きな鯉ですね」

晴亮は口をぱくぱくさせている鯉を地面に押さえつけながら言った。

「おじいさんの言ってた主なのかもしれません」

やがて老人がえっちらおっちらと戻ってきた。たらいは借りてきた家の住人なのか、別な男が担いでいる。

「やあ、こりゃあすごいな。こんなでかい鯉、見たことがないぜ」

男も巨大な鯉を見て目を白黒させている。虎丸はたらいを受け取るとすぐに土手を下りて水を汲んできた。晴亮は鯉を抱え上げ、たらいの中へ移動させる。

「おじいさん、これが主なんじゃないんですか?」

「そうかもしれんな。なんとまあ、大きく美しい鯉ではないか」

大きなたらいの中でも鯉は窮屈そうだった。ばしゃんばしゃんと尾で水を撥ね返し、ぐるぐると回る。

「どうするんですか、これ。持ち帰れないでしょう」

「ああ、もちろん放してやるよ。ちょいと通りかかる人に見せて自慢してからな」

老人が嬉しそうに言う。晴亮はほっとした。これほどまでに育った鯉の年月を思うと、殺してしまうのはかわいそうだ。

「長年釣りをしていたがこんな大物は初めてだ。老い先短い年寄りのために、ちょっとだけ楽しませておくれ」

たらいの中に手を入れて鯉の頭を撫(な)でる。その言葉がわかったのか、それとも疲れたのか、鯉は水を撥ね返すことはやめ、大人しくなった。

「お二人ともありがとうよ。今日はとてもよい日じゃった」

老人は丁寧に頭をさげ、お礼を言った。

「家はこの近くかね」

「ええ、下った先の松倉町です」

晴亮は下流の吾妻橋の方を指さした。

「むくどり御殿ってわかるかい、じいさん」

虎丸が余計なことを言う。

「こいつはそこで陰陽師(おんみょうじ)やってるんだ。じいさん、川で妖怪に悪さされたらいつでも駆けつけてくれよ」

「ほお、あの、むくどり御殿……」

老人もその呼び名を知っていた。晴亮は苦笑して、

「今はいろは堂という看板を出しています。なにかありましたらいつでもお話を聞きますよ」と付け足した。

三

その日の夜のことだ。

夕餉を終えてのんびりとしていると、伊惟が部屋にやってきた。

「師匠。表にお客様がいらっしゃってます」

「お客？　こんな夜中に？」

「はい、昼間隅田川で会った年寄りの身内と伝えてくれと」

ああ、と晴亮は腰を浮かした。あの大きな鯉を釣った老人だ。

「今行くよ」

お客は家にはあがらないと言っているというので、晴亮は玄関に向かった。引き戸を開けると外にずんぐりとした男が立っている。

黒っぽい亀甲柄の着物を着て、雨でもないのにすげ笠を目深にかぶっていた。いや、もしかしたら降ったのか？　男の着物はぐっしょりと濡れている。足は素足で泥で汚れていた。これでは家にあがるのを遠慮するのもわかる。

「あの……隅田川で釣りをしてらしたおじいさんの……？」

「へえ」

男は笠の下で小声で答えた。

「わしはあの年寄りの孫で亀吉（かめきち）と申します。実はじいさまに頼まれてやってまいりました」

笠の下から見える口は大きいのに、声は耳をすまさないと聞こえないくらい小さい。

「お二人と別れてからあと、しばらくじいさまは釣った鯉を見せびらかしておりました。夕暮れになってようやく満足いったのか、放してやろうとしたときです。お武家さまが三人、通りかかりました」

「お武家が……」

なにやらいやな予感がした。

「そのお三方はたらいの鯉を見て非常に驚き、感心なさいました。それでその鯉をぜひとも自分たちが仕えている方のお屋敷に持ち帰りたいと」

老人の孫という亀吉はぐっと両手のこぶしを握った。

「けれどじいさまは、必ず川に放してやると鯉と約束をしたからそれはできないと断りました。そうしたらそのお武家たちはじいさまに乱暴をふるってむりやり鯉を取り上げたのです」

声の調子は変わらないが、怒りと悔しさが亀吉のこぶしにあらわれていた。

「お、おじいさんは大丈夫なんですか？」

「命に別状はありません。けれど、足腰を痛めて当分動けないようです」

「そ、そんな」

晴亮は老人の人の好(よ)さそうな笑顔を思いだし、理不尽さに胸が痛んだ。

「お願いです。あの侍たちから鯉を取り戻してください。そして約束通り隅田川に放してください！　じいさまはあの鯉のことが気になって眠るに眠れないんです」

亀吉は分厚く丸い体を折り曲げ、深々と頭を下げた。

「それは――お力にはなりたいのですが」

「すぐに行こうぜ、ハル！」

背後から大声がかけられた。振り向かなくても虎丸だ。

「なんだその横暴は！　民を守るべき武士がなんてざまだ！　そんなやつは許せねえ」

今にも飛び出しそうな虎丸を晴亮は両手で押さえた。

「ま、待ってください。取り戻すって言ったってどうすればいいのか」

「お力をお貸しくださるなら、わしに策があります」

亀吉が初めて顔をあげた。笠の下の顔は扁平(へんぺい)で、目も鼻も口もみんな横に広がっている。亀吉という名前がぴったりだった。その細い目を開けて、亀吉が言った。

「必ず取り戻せます」

「よし、行こうぜハル」

虎丸はぽんと晴亮の肩を叩く。

「義を見てせざるは勇なきなりって言うじゃねえか。これは正義だ。おまえが行かなくても俺一人で行くぞ」

そう言われたら晴亮もついていくしかない。虎丸ひとりにしてはなにかと不安だ。

「お気をつけて」

伊惟が提灯を一つ出してくれた。にこにこしているのは亀吉が「お礼に」と差し出した金子のせいだ。伊惟にとっては正義は金だ。

晴亮は亀吉と並んで歩き出したが、虎丸がついてこない。振り向くと玄関の前で地面をじっと見下ろしていた。

「虎丸？」

「あ？　ああ」

呼びかけるとようやく動く。さっきまで行く気満々だったのに、今はなにか腑に落ちないような顔をしている。

「どうしました？」

「いや……」

虎丸はゆるゆると首を振り、すぐに両手でぱんっと自分の頬を叩いた。

「よし、行くぞ！」

晴亮と虎丸は亀吉に連れられて、武家屋敷が多く建つ本所のあたりまでやってきた。

「お武家の狼藉を見ていた人が何人かいて、その中の一人があとをつけてくださったんです。三人組はこのお屋敷に入っていきました」

白い漆喰の壁が延々と続く屋敷、おそらくは旗本のものだろう。角を曲がると大きな門があり、二人の小者が守っている。それを確認して、晴亮は首をひっこめた。

「それで、策と言うのはなんですか？」

晴亮は亀吉を振り返った。いったい彼にどんな知恵があるのか。

亀吉はこくりとうなずき、笠を押し上げて白い塀の上を見上げる。

「実はわしの知り合いがこの屋敷で庭師をしております。そのものから庭の形をきいておりまして、鯉が放されるような池ならこの塀のちょうど向こうにあると」

「ふむ」

「なのでこの塀を乗り越えて庭に忍び込み、」

「ちょ、」

「鯉を捕まえて逃げます」

「ちょっと、待ってください」

晴亮は片手で顔を覆い、もう片方の手を亀吉に伸ばした。

「それ策じゃありませんよ！　ただの無謀……っ！」

「しいっ！」

「しいっ！」

虎丸と亀吉が同時に口に指を当てる。晴亮は慌てて自分の口を塞いだ。

こっそりと角から門を窺ったが、門番はこちらには注意することもなく前を向いている。どうやら風向きのせいで助かったようだ。

「とにかくそんな無茶なことはできません」

「しかし他に方法はございません」

亀吉の口調は揺るぎない。

「なんとかご当主にお話しして穏便に返してもらうとか……」

「無駄だぜハル」

虎丸が苦い物を含んだような顔で吐き捨てた。

「配下の者がそんな無理を通すってのは、上のものがそういうやり方をしてるからさ。話なんか聞く耳持つまい」

「そんな」

「理不尽には無茶で通すしかねえだろ。俺は亀吉の策、気に入った」

今度はにやりと悪い顔で笑う。

「俺が入り込んで池から鯉を持ってくるから、おまえはここで待ってろ」

「と、虎丸」

「だがこう暗くちゃ鯉がわかるかどうか」

虎丸は空を見上げた。確かに空には分厚い雲がかかり、月の光も星の光もない。

「それなら大丈夫です」

亀吉が懐をごそごそと探り、膨らんだ巾着(きんちゃく)を取り出した。

「これは?」

亀吉は袋の口をあけ中のものを見せる。

「この中に麩(ふ)が入っております。鯉の大好物です。これを池に撒(ま)けばすぐに寄ってきます。その鯉の中で一番大きなものが姫さまです」

「姫さま?」

虎丸が聞きとがめる。それに亀吉は少しうろたえた様子で、

「あ、ええっと、——はい。じいさまがあの鯉をそう呼んでおりまして」と答えた。

「姫さま、ねえ」

確かにあの美しい紅をまとった鯉は姫と呼んでもおかしくない。

「それからこの布を。姫さまを捕まえたらこの布を水に浸してくるんでください」

亀吉は風呂敷(ふろしき)の二倍くらいはある布を懐から取り出した。用意がいい。虎丸はそれも巾着と一緒に懐にしまった。

「よし、じゃあこの壁を乗り越える。亀吉、ちょっと背中を借りるぞ」

「へい」

亀吉は白壁に両手をつくと身を屈(かが)め、頭を押しつけた。この背なら虎丸が三人くらい乗っても大丈夫そうな頼もしさを感じる。

「と、虎丸」

「大丈夫だ、すぐに済ませる」

「でも」

旗本の屋敷に忍び込んでものを奪えば、その場で手討ちにあってもおかしくない。

「へまはしないさ。信じろよ相棒」

虎丸はぽんと晴亮の肩を叩くと、さっと身を翻し、亀吉の背に足をかけた。

「ま、待ってください！」

晴亮は慌てて虎丸の足にすがりつく。

「なんだよ、しつこいぞ」

「私も行きます」

「はあ？」

晴亮は決意した顔で言った。

「虎丸は弁が立たないでしょう？　万が一なにかあったら私がなんとか言いくるめて」

「おまえだって口は下手じゃねえか。二番目の兄貴くらいじゃねえとごまかせねえぞ」

占いを生業にしている次兄の明継なら、確かに口と技術で鯉の一匹や二匹、手に入れそうだ。

「そ、それはそうだけど、でも虎丸よりはましだ……、と思います」

「だけどな」

「わ、私を信じてください。相棒なんだから！」

強く言うと虎丸は大げさにため息をついた。髪に指をつっこんで、ぼりぼりとかき回す。

「わかった。じゃあ俺が先に上っておまえをひっぱりあげる。それから下に下りたら俺の言うこと聞けよ」

「わかりました」

虎丸は再度亀吉の背に足をかけ、乗り上がった。塀の上に手をかけ、体を持ち上げるとき、無体なことに亀吉の頭を踏んづけていく。一瞬亀吉の頭が首にめり込んだが、次にはぐいっと頭を持ち上げて虎丸の体を塀の上に押し上げた。

「か、亀吉さん、大丈夫ですか？　虎丸が無茶をしてすみません」

「いえいえ、平気ですよ。寒月さまもどうぞ」

亀吉は細い目をさらに細めて笑う。それで晴亮も亀吉の背中に乗った。塀の上にいた虎丸が腕を伸ばす。晴亮も両手をあげて虎丸に引き上げてもらった。

そのあと塀の内側に虎丸は飛び降りて、晴亮は塀にぶら下がって下りた。

「亀吉、聞こえるか」

虎丸が壁に口を当てて言う。「へい」と漆喰を通して湿ったような声が聞こえた。

「池はこのまままっすぐ行けばいいのか」

「へい。距離は五間ほどです。池についたら麩を撒いてください」

「わかった。鯉を捕まえたらここからおまえに放るから受け取ってくれ」

「へい」

亀吉のくぐもった声にも緊張が滲む。晴亮は繁った庭木の間に目をこらした。月がない上に木の陰になって辺りは暗い。地面だか池だか見当がつかなかった。

「ゆっくり行こうぜ」

すぐそばの虎丸の顔がようやくわかる程度だ。晴亮はごくりと息を呑んで虎丸の背後に続いた。

茂みをかきわけて進んでいくと、ぱしゃんと水音が聞こえた。池が近い。

「出たぞ」

目の前が開けた。池だ。その向こうに屋敷が見える。雨戸がきちんと閉められていて、晴亮はほっとした。これなら庭で狼藉を働いても中からはわからない。

「ハルは麩を撒いてくれ」

虎丸は言うなり池に足をいれた。池のほとりで撒くのだとばかり思っていた晴亮は驚いた。だがこの方が理にかなっている。池を取り囲む石の上からでは鯉を掴み上げることはできない。

晴亮は池の外から麩を撒いた。じきに鯉たちが寄ってきたか、水面にバシャバシャと波が立つ。

虎丸は池の中で動かず、じっと『姫さま』が寄ってくるのを待った。

やがて夜目にも水の面に大きなうねりが立ったのが見えた。

「来た」

晴亮が囁いた。

虎丸は動かない。池の中の足をただの丸太だと思わせるようにじっとしている。

他の鯉を押しのけて姫さまがほとりに到達する。丸い大きな口を開けて麩を吸い込み始めた。鯉の口には歯はない。そのかわり喉の奥に人間の奥歯に似た歯を持っている。タニシやザリガニなどをすり潰す、強い歯だ。

虎丸は懐から布を取り出すとそれを静かに広げた。そうして下半身を動かさず、上半身だけを曲げ、ゆっくりと布を持つ腕を伸ばす。

（もう少し……）

姫さまの赤い背びれは水面から出ている。それを目印に虎丸が一気に腕を突っ込んだ。

バシャン！

姫さまが大きく尾を打った。そのときにはもう虎丸は姫さまを抱え上げていた。

「捕まえた！」

「やった！」

二人は小さく声をかけあう。姫さまはさかんに虎丸の腕の中で身をよじっている。

「大人しくしろ！　川へ帰してやるんだから」

虎丸がそう言うと、鯉は急に暴れるのをやめた。まるで言葉が理解できたようだ。

姫さまを池の石の上にあげ、もう一度布で包み直す。鯉は苦しげにぱくぱくと口を開けていた。

「ひどい目に遭ったね。でももう大丈夫だからね」

晴亮が鯉の頭頂を撫(な)でる。鯉はぎらりと光る丸い目で晴亮を見上げた。光る――？

「まずい、月が出てきた」

隠れていた月が雲の中から顔を出す。鏡のように真っ白い大きな月が、煌々(こうこう)と辺りを照らし始めた。

「急ごう」

塀に向かおうとしたときだ。

「誰だ！」

誰何の声がかかった。見回りの侍か、龕灯を持ったものが二人立っていた。

「くせ者だ！　出会え——！」

侍の声は夜の中、よく通った。すぐに雨戸がガタガタと動き始める。

「ハル！　姫さまを！」

虎丸は晴亮に鯉を渡した。ずしりと重みが両腕にかかる。

「ううっ、重い……っ」

普段、箸より重いものは持ち慣れていない。晴亮はよろよろと塀に向かった。

虎丸は斬り掛かってくる侍の刀を避け、腰の太刀を鞘ごと抜いて振り下ろす。手首を打たれた侍は刀を取り落とした。

「ええいっ！」

もう一人が飛び込んでくる。虎丸は刀を撥ね上げて、その勢いで体を回し、相手の胴に蹴りを入れた。侍の体は面白いほど飛んで池に落ちた。

「くせ者！」

「待て！」

雨戸を蹴倒して侍たちが飛び出してくる。このままでは虎丸が捕まってしまう、と晴亮は焦った。

そのとき、晴亮の腕の中の鯉がぶるると身震いした。大きく開けた洞のような口から、空気を震わすような音がする。

「え？」

月は照らしていた。池の水がまるで間欠泉の如く噴き上がるのを。池の魚たちが闇夜の中に飛び上がり、まるで水の中を泳ぐように空中を泳ぎ、駆けてきた侍たちに飛びかかるのを。

「うわあ！」

「なんだこれは！」

侍たちは頭を抱え、ぶつかってくる魚たちを避けようとした。

「なんだこりゃあ」

虎丸も一瞬動きを止めてこの不思議を見守った。だがすぐに我に返り、晴亮のもとへ駆けつける。

「逃げるぞ！」

「は、はい」

虎丸は晴亮の腕から姫さまを奪うと塀まで一気に走った。

「亀！　いるか」

すぐに亀吉が「へいっ」と応じる。

「受け取れ！」

虎丸が姫さまを放ると、月の中に真っ赤な鯉が鮮やかに舞い上がる。

「ハル！　俺の背に乗れ！」

虎丸が塀に手を突き、背を向けた。晴亮は夢中でその背に乗り、塀の上によじ登る。

反対側に下りたとき、虎丸の姿も塀の上にあった。

「逃げろ逃げろ！」

虎丸が叫ぶ。姫さまを抱えた亀吉と晴亮は振り返らずに走った。じきに走ってきた虎丸が並ぶ。

「すぐに川に向かえ」

「へいっ！」

威勢良く答えるが亀吉の足は遅い。バタバタと一生懸命走っているが、一向に進まなかった。

「亀、姫さまを寄越せ！」

虎丸が言って姫さまを自分の腕に抱える。

「おまえはついてこなくていい。このあたりで丸まってじっとしてろ。できるだろ」

「…………」

亀吉は細い目を目一杯見開く。

「と、虎丸、なにを言ってるんだ。そんなんじゃ亀吉さんが捕まってしまう」

「心配しなくても姫さまは川へ連れて行く」

「わかりました」

亀吉はそう言うとさっと地面にしゃがみこんだ。

「俺たちは川へ行くぞ」

虎丸はさっさと走り出す。晴亮はうろたえて虎丸の背中とうずくまった亀吉を交互に見た。すると亀吉の姿があっという間に消えてしまった。

「これは――」

「ハル！　早く！」

虎丸が怒鳴る。晴亮はあわてて虎丸を追って走り出した。

四

吾妻橋のたもとまでやってくると、虎丸は鯉を土手の上に投げ出した。

「駄目ですよ、そんな乱暴にしちゃ」

「腕が疲れたんだよ」

鯉は草地の上で身をよじって川の方へ向かおうとしている。晴亮は膝をついて鯉を布ごと抱き上げた。

「大丈夫、今戻すからね」

えっちらおっちら岸辺まで運んで水に放すと、鯉は嬉しげに身をくねらせてすうっと泳ぎ、ばしゃりと尾で水を撥ねかけた。

「よかった。元気みたいだ」

「おう」

虎丸も岸辺まで下りてきて、しゃがみこむ。

「そう言えば亀吉さんはどうしたんだろう。途中で姿が見えなくなってしまって」

「亀吉なら……うーん、そのあたりにいるんじゃねえのか？」

虎丸は岸辺を見回した。つられて晴亮もきょろきょろする。

「いませんよ」

「いや、いる。そこだ」

虎丸が指さした場所には甲羅を月の光に反射させている大きな亀がいた。

「亀じゃないですか。違いますよ、亀吉さんです」

「だからそいつだよ、たぶん」

虎丸は立ち上がると、亀のそばにいって甲羅を足でつついた。

「ほら、戻れよ」

その途端、亀の姿がむくむくと大きくなると、うずくまった男の姿になった。

「うわっ！」

亀吉だ。亀甲柄の着物にすげ笠、ずんぐりむっくりのその姿。

「いったいいつからお気づきで……」

亀吉はもごもごと唇をすりあわせるようにして声を出した。

「最初からな」

虎丸はにやりと笑う。

「うちに来たとき、玄関前になにかでかいものが這いずったような跡があった。おまえはけっこうずぶ濡れだったのに人間の足跡はなくてな。亀の姿で家まできたあと、変化したんだろう」

そういえば、と、晴亮は虎丸が玄関先で地面を見ていたことを思いだした。

「それはそれは……お目がいい」

「それにおまえ、藻臭かったし」

虎丸が笑って言う。亀吉は片腕を上げ、くんくんと匂いを嗅いだ。

「そんなに匂いますか」

「それで、あの鯉はなんなんだ？　おまえたち、この辺りに怪談話を振りまいて、いったいなにを企んでいる」

「それは……」

「わたくしからお話ししましょう」

　川の方から涼やかな声がかかった。はっと振り向くと水の流れの上に真っ赤な打ち掛けを羽織った美しい女性が立っている。

「姫さまか」

　虎丸が言うと女性は頭を下げた。

「此度はお助けいただきありがとうございます」

「え、じゃ、じゃああの鯉……」

「はい、この川の主でございます」

　鯉の姫はすうっと水面を滑って近づいてきた。

「お察しの通り、このあたりに怖い話を流行らせたのはわたくしどもでございます」

「なんのためだ。まさか本当に魚を増やすためじゃないだろ」

　自分で言っておきながら虎丸も信じてはいなかったわけだ。

「目的はただひとつ。次の満月の夜まで人を近づけないことでございました」

「満月の夜？　なにがあるのです」

「それは……」

姫さまは少しもじもじと打ち掛けの前をいじった。

「わたくしの嫁入りがございます」

「「嫁入り」」

思いがけない言葉が出てきて、虎丸と晴亮の声が重なった。

「この川から天の雨竜さまの元へ嫁入りいたします。そのとき人に見られてはまずいので、しばらくのあいだ人を近づけたくなかったのです」

晴亮も虎丸もあっけにとられた。あんな怖い話を振りまいて、その目的がこんなに可愛らしいものだったとは。

「それは――おめでとうございます」

晴亮はぼんやりした顔で言った。

「ありがとうございます」

姫さまは恭しく頭をさげる。

「祝言前に羽目を外してしまいました。あのご老人はいつもここで釣りをしますが、決して魚を捕りすぎるということはありません。それどころかお昼ご飯の握り飯をわたくしどもにも振る舞ってくれるのです。あの方ならばわたくしを釣り上げても逃がしてくれるだろうとわざと針に食いついてみたのです」

姫さまは悪戯っぽい笑みを浮かべた。

「通りかかった方たちが、わたくしを見て立派だきれいだと言ってくださるのも嬉しいものでした」

「おまえな、その気まぐれのせいでじいさんは怪我をしたんだぞ？」

虎丸が非難するように言うと、姫さまは悲しげな顔になった。

「はい、たいへん申し訳ないことをいたしました。それであなた方にもう一つお頼みしたいことがございます」

姫さまはさらに近づくと、岸辺に絹の袋を置いた。

「ここに金子が入っております。それから河童からもらった傷薬。これをあのご老人に渡していただきたいのです」

「河童の傷薬……」

「河童の傷薬は万能薬です。腰の怪我もすぐに治りましょう」

「わかりました」

晴亮は岸に下りて袋を取り上げた。

「あなたのお気持ち、お伝えします」

「ありがとうございます、寒月さま」

姫さまは晴れやかな顔をした。

「けれどわたくし、あなたさまを少しお恨み申しておりますのよ」

「え？　な、なぜ」

「あなたさまはわたくしを抱えたとき重いとおっしゃいました。それも二度も」

「え、」

「わたくしも嫁入り前の娘の身、いささか傷つきました」

「そ、それは申し訳ありません！」

晴亮はぺこぺこと頭を下げる。姫さまはくすくす笑った。

「そ、それではあなた方は人を傷つけるおつもりはなかったわけですね。来月の満月の夜まで人が近づかなければよいと」

「さようでございます」

「わかった」

虎丸が大きな声で言った。

「だったら俺たちが責任もって、人がこないようなおっかない話を広めてやるよ――そのかわり」

はっと姫さまの顔に緊張が走る。

「そのかわり？　なんでございましょう」

「その嫁入りってやつ、立ち会えないか？」

虎丸の申し出に姫さまは一瞬ぽかんとした顔をしたが、次にはほろほろと花のようにほころんだ。

「ええ、結構でございますよ。ぜひいらしてくださいませ」

「それはありがたい。鯉が竜に嫁入りするなんて実に珍しくめでたいからな。来月の満月を楽しみにしているよ」

虎丸は笑顔でそう言うと、その顔のまま晴亮を振り向いた。

「そういうわけでハル、頑張って怖い話を考えてくれ」

「ええっ、私が？」

急に振られて晴亮はうろたえる。

「おまえは怖がりだから怖い話も得意だろう。俺は生憎(あいにく)怖い物なんてないからな」

「こ、怖がりに怪談を作らせるなんて——虎丸はひどい！」

「魚の作った話より人間の話の方が怖いって思い知らせてやれ」

虎丸はそう言うと大声で笑った。姫さまも亀吉も笑っている。晴亮だけは情けない顔で頭を抱えていた。

月が変わり、春が大手を振ってやってきた。あちこちで桜が花を咲かせ、道ばたにはすみれやれんげが可愛らしい姿を見せる。人々もどことなくウキウキとして、弁当を持ってあちらこちらに出かけていた。

そんな春の満月の夜、晴亮と虎丸は川の岸辺にやってきた。

ただ満月とは言ってもそれは雲の上のことだ。今夜は雲が重なって月の光は地上に届かない。

「大丈夫なのかなあ」

真っ暗闇の中、提灯の灯りひとつが晴亮たちの足下を照らしている。

「なにが？」

「せっかく満月だというのにこんな月もなくて。これで無事祝言があげられるのかな。右も左もわからないじゃないですか」

「やつらは人と違う目をもってるんだろ」

「そうかもしれないですけど……」

ばしゃんと川の中でなにかが跳ねた。はっとしてそちらに提灯を向けたがやはりなにも見えない。

「おそれいります」

急に後ろから声をかけられ、驚いてつんのめりそうになった。

「姫さまのお客様ですね。申し訳ありませんが、提灯の火を落としていただけないでしょうか」

声のする方に提灯を向けるとなにかがさっと光から逃げる。

「どうぞ火を消してください」

「わ、わかりました」

晴亮は提灯を畳むと中の蠟燭（ろうそく）の火をふっと吹いた。とたんに辺りは鼻をつままれてもわからないほどに暗くなる。

「と、虎丸」

「大丈夫だ。いるぞ」

声がすぐ近くでして安心する。

「それではただいまから姫さまのご出立となりまする」

暗闇の中で声がそう告げると、川のあちこちで水音がした。ぶくぶくとなにか泡立つ音もする。

「ご出立」

「ご出立」

　「ご出立」　「ご出立」

　　「ご出立」　「ご出立」

「ご出立」　「ご出立」……

音が重なり、水面（みなも）もまるで煮えたぎるかのように、ぼこぼこと泡立ってくる。

晴亮は思わず虎丸のそばに寄った。

そのとき、天の雲がぐるぐると動き出した。まるで渦を描くように一点に集まってゆく。

そしてその中心に。

「月だ」

虎丸が呟く。晴亮も見た。

雲が集まったその真ん中に、煌々と輝く満月があった。その光は地上を照らし、川を照らした。

「ハル、見ろ」

虎丸が川を指さす。いまや川の表面には無数の魚たちが顔を出し、あるものは跳ね、あるものは立ち泳ぎ、おしあいへしあい月の光を浴びようとしている。

「魚だけじゃねえぞ」

岸辺には異形のものたちもいた。人のように手足を持つもの、長い胴体をくねらせるもの、たくさんの節のついた脚を蠢かせるもの、ねとねとした触手を振り回すものもいる。

「これがみんな……隅田川の眷属……」

「ここだけじゃねえのかもな。江戸中の川のやつらが来ているかもしれん」

　ごぼごぼっと一際大きな音がした。川の水が先ほどの雲のように渦を巻いている。泡立ち白く濁った中心から、しずしずと姫さまの姿が現れた。

真っ赤な生地に金糸で逆巻く波の模様が描かれている。頭には赫い綿帽子、黒髪は打ち掛けよりも長くなびいていた。

　姫さまは綿帽子の下から岸辺に立つ人間を見つけると、にこりと微笑んだ。

「寒月さま、虎王院さま、本日はご参列ありがとうございます」

「い、いえ。私どものようなものをお招きいただき、ありがとうございます」

「このたびは川の怪談を広めてくださることにも協力いただき、このところまったく人が近づかなくなりました。そうしてこの良き日、誰にも見られることなく嫁入りできるようになりました。重ねてお礼申し上げます」

「い、いやあ……それほどでも」

　実際あのあと晴亮が作った話はかなりおどろおどろしく恐ろしく、肝試しの人間も現れないほどだった。作った晴亮自身、怖くて思い出しては布団の中で震えている。

「怖い怖い」

「話、上手」

　川の中からけらけらと笑う声がする。姫さまは「これ」と小さく叱咤したが、その目は笑っていた。

魚たちも川の妖怪たちもみんな姫さまを見上げている。きっととても慕われているのだろう。なのでつい、余計なことを言ってしまった。

「この川を……江戸を離れるのはお寂しくありませんか？」

姫さまは見送りの眷属でいっぱいの川に目をやって、少しだけ寂しげな顔をした。

「それは何十年と棲んだ地を離れるのは寂しく心許のうございます。けれど、黒船が参ってからこちら、世の中はひどく騒がしく強く新しい風が吹き荒れております。その風に押し流されるようにわたくしどもの力は弱まり、いずれ吹き払われてしまうでしょう。そうなる前に地上を離れなければなりません」

おや？　この間似たような話を聞いたな、と晴亮は記憶を探った。

姫さまは虎丸に目を向けた。

「あなたのお知り合いもその風に追われることでしょう。どこにも寄る辺のない身の上になり、いたずらに邪な気になるまえに……決着がつくといいですね」

「それは——霞のことか！」

ぶわっと、虎丸の体から晴亮にもわかるほどの殺気が放たれた。川に集まった眷属たちが一斉に叫びを上げ、水中に隠れた。

「霞はやっぱり生きているのか！」

「虎丸！　抑えろ！」

晴亮があわてて腕を引っ張ると、虎丸は一度大きく息を吐き、力を抜いた。しかし、川の面はまだぶくぶくとざわついている。

「恐ろしいほどの大きな妖気が、突然江戸に現れたのはわたくしどもも存じておりました。その気はかすかですがまだ生きております」

姫さまの言葉に虎丸の眉がぎゅっと寄せられる。

「その気に惹かれ、その気に寄る者どももおります。けれど大半は穏やかにひっそりと、いつか暮れようとするこの世界と共に生きたいと願っております。寒月さま、」

姫君は晴亮に綿帽子の頭を下げる。

「お願いでございます。その優しいものどもをお守りください。我らはいたずらに人に害を与えたいと思ってはおりませぬ。やむにやまれぬ事情で人と関わってしまうものもございます。そういうものたちをお助けください」

「そ、それは……私などにそんな力は……」

そのときばしゃんと水しぶきをあげ、水虎が川から飛び出した。水虎は晴亮のそばまで一気に飛ぶと、その足にからだをすり寄せ、魚の尾を巻き付ける。ぐるぐると喉を鳴らす獣の頭に、晴亮は思わず手を置いた。

姫さまは水虎に優しい目を向けた。

「その子たちは寒月さまを慕っております。寒月さまのお力を、お優しい心を知っているからです。寒月さまが我らあわいに棲むもののお力になってくださるのなら、隅田の一族は寒月さまの味方でございます」

川からいっせいに声があがる。小さなものから大きなものまで水面を叩き、鳴き声をあげた。

「あの、私は――」

「もちろん、力になるぜ」

代わって答えたのは虎丸だった。驚く晴亮の肩を抱き、ぐいっと前に出す。

「寒月晴亮、虎王院虎丸。人を助けあやかしを助けよう。おまえたちも困ったことがあったらむくどり御殿までやってこい！」

「と、虎丸！」

晴亮の非難の声は川から沸き起こる歓声に打ち消された。

「とりあえず霞の情報がほしい。知ってるものは来てくれるとありがたい」

それが目的か、と晴亮は諦めのため息をつく。霞童子は打ち倒さねばならぬ敵だが、晴亮としてはあまり積極的に関わりたい相手ではない。

姫さまはそんな晴亮に多少同情のこもった目を向けると、もう一度頭をさげた。

そして、天に輝く月をみあげる。

「参りましょう」

「姫さまの、ご出立──ぅううう」

いつのまにか亀吉が横に立っていた。今日は見違えるほど立派な羽織袴で堂々と背筋を伸ばしている。

月の光がまっすぐに姫さまを照らす。姫さまは毅然と顔を上げ、紅を引いた唇をわずかに微笑ませた。

その体がすうっと水面から浮き上がる。

「ご出立──────！」

川の眷属たちの大歓声に見送られ、姫さまは月の光の道を昇ってゆく。

隅田川の姫さまの嫁入りだ。真っ赤な打ち掛けが魚のひれのように月の光にたなびく。

「……お幸せに……っ」

晴亮は思わずその後ろ姿に声をかける。応えるように姫さまの打ち掛けから舞い散った水が、春雨のように晴亮の顔に降りかかった。

みるみる小さくなるその姿を首が痛くなるまで見送って、やがてそれは月の光の中に消えてしまった。晴亮は大きくため息をついた。

終

気がつけば、川にはもう一匹の魚の姿も妖怪たちの姿も見えない。そばにいた水虎も消えていた。明るい月が河原を照らし、もう提灯はいらなかった。

「すげえもの見たな……」

さすがに虎丸も感心したらしい。大きく息をついて呟いた。

「本当に」

晴亮も胸がいっぱいでそれだけしか言えなかった。

「しかし竜が見えなかったな。一度見たかったのに」

「竜はそんなに簡単に姿を現しませんよ」

「霞もな」

晴亮は虎丸を見た。虎丸は厳しい顔で月を見上げたままだ。

「死んでいればと思ったがそうじゃなかった。生きてどこかに隠れている。姫の言うとおり、今の世ではあやかしの力は弱く数も少ない。やつはそれを再び平安の世のように魑魅魍魎が跋扈する世界にしようとしている。……無駄だと思うが」

最後の言葉だけ、少し寂しさが滲んだ。

「時代の流れ、時の流れ。目に見えないそれに押し流されることを必死に拒んでるんだ。哀れなやつだ」

むしろ優しげに。むしろ悲しげに。

「だから、俺が引導を渡してやるんだ。同じ時代に生きたものとして」

「虎丸……」

千年の時間を飛び越えて江戸に現れた二人。彼らは孤独で結びついている。

晴亮の胸がちりりと痛んだ。その孤独をどうしてもわかってやれない苦しさに。

「なんだよ、その顔は」

虎丸が笑って晴亮の背を叩く。

「俺にはおまえがいるじゃねえか」

まるで晴亮の心を読んだように言う。もしかしたら同じことを考えていたのかもしれない。

「はい、……そうですよ。虎丸には私がいます」

それだけできっと虎丸は霞より強い。強くあってほしい。

「帰ろうぜ、家へ」

「はい、帰りましょう、家へ」

月明かりの中、きらきらと光る川の流れに背を向けて、晴亮と虎丸は歩き出した。

その後のことを語ると、老人は河童の傷薬のおかげですっかり回復し、もらった金子で釣り竿を新しくした。そうして今も木の下で釣り糸を垂らしている。

時折亀がやってきて老人と一緒に座っている。老人が煙管(キセル)で煙をくゆらせ、亀は日差しに甲羅を干し、二人仲良く川の流れを見つめているという……。

第二話　覗く顔

序

次兄の明継がやってきたのは、満開の桜がそろそろ散り始めるころだった。

「頼みがあるのだ」

明継は部屋に入るとすぐそう言い出した。

駕籠(かご)でやってきたはずなのだが、晴亮の前に座るとその肩からひらりと桜の花弁が舞い降りる。

桜と明継。まったく絵のように似合う、と晴亮は思った。

綾錦(あやにしき)明継と名乗って占師をしている次兄は、占いの腕はもとより、公家(くげ)の血を引く母譲りの美貌(びぼう)で江戸中の女性から人気だった。

肩から滑り落ちる長い髪、白皙(はくせき)の額、涼やかな目、思わず吸い寄せられる紅の唇。

明継は幼い頃からこの美貌と才気で稚児(ちご)占いをして家計を支えた。お金持ちの前で可愛らしく占いをして、しかもそれがよく当たる。

明継は決して悪いことを言わなかった。凶運を引いても必ず回避する方法も教えた。

人の心を摑む術と機転を、彼は稚児占いで養ったと言える。

大抵の客は明継をかわいがるよい客ばかりだったが、中にはかわいがりの度が過ぎて無体なことをされるときもあった。

そんなとき明継は庭の井戸で何度も水をかぶり、ごしごしと体を洗った。怒りも涙も水で洗い流した。

「あにうえ」

幼い晴亮は真冬に水をかぶっている兄が心配で、泣きながら手拭いを握りしめていた。

「あにうえ、ちべたい、ちべたい」

氷のような兄の体に抱きつき、なんとか温めようとした。

「ばか、おまえが冷える」

それでようやく兄は水をかぶるのをやめる。

長兄の亮仁は何も言わず、熱い風呂をわかしてくれた。当時の亮仁はまだ扶持を得る術もなく、金銭にも家族にも関心の無い父親に代わり、明継が家にいれる金だけで暮らしているのをよくわかっていた。

「大丈夫だよ。わたしが何度泥をかぶろうと、おまえの優しい心が清めてくれるからね……」

明継は冷たい腕で晴亮を抱いた。一緒に風呂に入り一緒の布団にくるまり、いつもいつも、兄が寝るまで目を開けていようと思っているのに先に眠ってしまう。

翌朝には明継は普段と変わらぬ穏やかな顔で笑ってくれるのだ。

そんな兄に恩返ししたいと思いながら幾数年、ようやく明継が頼ってくれるときがきたと、晴亮は嬉しかった。

「なんでしょう。私にできることならなんだっていたします」

「先だっての吉原の妖怪退治、あれは実に見事だった。あの泣き虫の晴亮がなあ。あんなに立派になって……思い出すたびにわたしは誇らしく嬉しいぞ」

明継は着物の袖口で涙を拭う真似をする。こういうちょっと芝居がかったところだけは、少し苦手だ。

「あれは私の力というより、虎丸が正体を見抜いてくれたからです。体を張って女の人たちを守ったし。虎丸の手柄ですよ」

「謙虚さはおまえの美徳だが、商売をやっていく上では自己主張も大切だぞ？　それでこういうものを作ってみた」

明継はそう言うと、懐から四つにたたんだ紙を取り出した。開いてみると浮世絵の色刷りだ。

　吉原の妓楼の中を描いたもので、そこには大きな髑髏の怪物と、それから逃げる遊女たち、そして剣を抜いて戦う狩衣姿の少年がいた。

　題名は『陰陽師晴亮　吉原を化け物から助くの図』。

「ちょっと待ってください！」

　絵から顔を上げて晴亮は大声を上げた。

「なんですかこれ!?」

　明継はにっこりと、世の女性を虜にする笑顔を弟に向けた。

「浮世絵だ。これでおまえの名はいっそう広まろう」

　晴亮は恥ずかしさで真っ赤になって明継に絵を返した。

「いえ、宣伝なら伊惟が知り合いの瓦版屋に言って書いて貰ってます。こんな絵図にする必要が」

「瓦版は使い捨てだ。だがこれは売り物。見ろ、この構図、この迫力。さすがは評判の絵師、躍動感に溢れて素晴らしい。彫りも刷りも一流だ」

　明継は戻された絵を畳の上に広げ、満足そうに眺めた。

「そ、それは確かに素晴らしい出来ですが」

「買ってくれた客は大事にしてくれるし、おまえにも金が入るぞ？　よい考えだろう」

「そ、そもそも！　あのときの妖怪はねぶとりというもので、こんな髑髏のような化け物はいませんし！」

晴亮は両手でばんばんと畳を叩いて抗議した。

「太った女が敵では盛り上がらないだろう？」

さも当然そうに明継が答える。

「それに私は刀を振るいませんし、第一この絵には虎丸がいません！」

「あくまで主役はおまえだからな」

「嘘はだめですよ！」

「嘘も方便だ」

明継は邪気のない顔でさらりと言う。辛い子供時代を偽りの笑顔で乗り越えた彼には、嘘は空気なみに抵抗がないのだろう。

兄のこういうところも晴亮は苦手だ。

「そ、それで兄上の頼みとはなんですか」

刷り上がってしまった絵に文句を言っても仕方がない。晴亮は絵を極力見ないようにして、話を進めた。

「実はまた吉原から依頼があってな」

「吉原から」

「先の縁妓楼とは違う見世だ。楼で働く若い衆が行方不明になるというのだ。理由がわからず占ってみたが、これがまたあやかしの卦が出てしまって」

「あやかしの卦――妖怪の仕業だと」

うむ、と明継は腕を組んで、重々しくうなずいた。

「調べてもらえないだろうか」

「わかりました。兄上からの頼みなら否やはありません」

「晴亮！」

明継は座っていた場所からふわりと立ち上がると、次の瞬間には晴亮を抱きしめていた。

「なんと健気な！　なんと頼もしい！　あの泣き虫の晴亮がこんなに立派になって！いい子だいい子だ！」

「あ、兄上、離してください！　私はもう子供では……！」

「いい子だ、いい子だ！」

明継は晴亮の顔を自分の胸に押しつけ、頭と言わず体といわず、わしゃわしゃと撫でまくる。

「あ、兄上――――！」

明継のこういうところが――晴亮は一番苦手だった。

晴亮の悲鳴を虎丸と伊惟は隣の部屋で聞いていた。

「助けようか？」

虎丸が襖（ふすま）を指さして言う。それに伊惟は首を振った。

「師匠（せんせい）には申し訳ありませんが我慢してもらいます。機嫌のよい明継さまからいただく心付けは、少ない額ではありませんので」

「師匠を売る気か」

伊惟は滅相もない！　と目を丸くした。

「これも人助け。明継さまはあれで日々の憂さを晴らしていますし、師匠はお兄様方から資金援助をいただく身のふがいなさを解消できますし、私は米びつをいっぱいにできます。三方丸く収まって吉」

「……晴亮だけ貧乏くじのような気がするぞ」

一

また吉原へ行けるというので虎丸は機嫌がいい。

なかなか暮れきらないのんびりとした夕暮れを春夕（しゅんせき）と言う。田畑を染める茜色（あかねいろ）がいつまでも消えない今の時間はまさしく春夕だろう。

長く西日の差す大川を舟で上流に進むと、右岸隅田堤の美しい桜並木が見えた。八代将軍吉宗が植えた桜だ。その下を桜風に誘われて人々がそぞろ歩いている。

散り始めた桜の花びらが川面を流れ、舟はその白い道を割って進む。舟と併走する魚が時折跳ねて、雫が西日にきらめく。

「春はあけぼのと言った才女がいたが、俺は春は夕暮れが一番好きだな」

虎丸は舟の縁に足をかけ、進む先を見ながら呟いた。

「清少納言ですね。虎丸も枕草子を読んだのですか？」

「読んじゃいねえが、頼光さまが酒の席で語ってくれたのだ。言葉がきれいで覚えてしまった」

「へえ」

無骨な虎丸の心にも染み入る美しい言葉の力。目には見えなくても言葉は人に大きく作用する。

枕草子が執筆されたのも虎丸たちが生きたのも同じ一条天皇の御代だ。優雅な平安王朝の人々の生活を虎丸はその目で見てきたのだと思うと、少し羨ましい。

「清少納言と紫式部が仲が悪かったっていうのはほんとなのですか？」

「俺は御殿には上がらねえから宮中のことは知らねえよ」

「そもそも宮仕えの時期が違うから二人は会ってないと思うよ」

背後から明継が声をかけてくる。

「清少納言は中宮定子の女官、紫式部は中宮彰子の女官だ。確か中宮定子は住まいも本殿の中じゃなかったはずだ」

博識なところを見せてくる。上流階級の客が多い明継は、古今東西のさまざまな知識を蓄えていた。

「なんだ、そうなんですか」

「まあ、互いの作品くらいは読んでただろうがな……」

春の日の　うららにさして　ゆく舟は　竿のしずくも　花ぞ散りける
明継の朗々とした声が川面を滑って行く。

「美しい歌ですね」

「源氏物語の胡蝶の巻だよ」

平安時代に京の御所で読まれた歌が、何百年後かに隅田川の景色を歌う歌に引用されるとは、紫式部もご存じあるまい。

やがて舟は竹屋の渡しに着き、ここからは日本堤の上を歩くことになる。吉原までの道を彩る小さな店や屋台が団子や甘酒を売っていた。

その店をひやかしながら衣紋坂に着き、そこをだらだらと下りると吉原の大門へ到着。中へ入った虎丸と晴亮は驚いた。

　吉原の大通りに桜の並木が出現していたのだ。

「外へ出られない遊女たちを慰めるために、春になると吉原にもかりそめの桜が咲くのだ」

　春にだけ植えられるという吉原の桜だ。一夜の夢を見せる偽りの桜。紅の格子から遊女たちは手を伸ばし花びらを受け止めている。

　いつか好いた男と日の光の中で本物の桜を見られるだろうか。遊女たちはそんな夢を見ているのかもしれない。

「今日行くのは京町二丁目の仰木屋だ」

　明継はすたすたと桜の横を通り過ぎて行く。虎丸は相変わらずあっちの路地、こっちの小路と寄り道をする。晴亮は逆方向へ進む二人の間でおたおたしていた。

「虎丸！　だめですよ、はぐれますよ！」

「話はおまえが聞いておいてくれよ。俺は朱菊のところへ行ってくる」

　先日の事件で馴染みになった花魁の名前を挙げて、虎丸が背を向ける。

「お金ないでしょう!?」

「兄貴につけておくよ」

「駄目ですってば！」

晴亮は虎丸の腕にすがりつき、強引にひっぱった。

「私をこんなところで一人にしないでください」

虎丸は大きくため息をついた。

「そんなだから明継兄貴はおまえをいつまでもガキ扱いするんだぜ？」

「いいから！　一緒に来てください！」

虎丸は店に未練げな一瞥(いちべつ)を送ってから、しぶしぶ明継のあとに続いた。


仰木屋に入ると入口横の張り見世から遊女たちが流し目を送ってきた。客が遊女を見定める場所だ。恥ずかしくて顔もあげられない晴亮と違い、虎丸は手を振って愛嬌(あいきょう)を振りまく。明継は涼やかな笑顔で受け流し、迎えの若い衆について張り見世奥の楼主のもとへ向かった。

「前の縁妓楼のときは暖簾(のれん)をくぐったとたん楼主が飛んできたよな」

虎丸がこっそりと囁(ささや)く。

「兄貴、軽く見られてねえか？」

「さ、さあ、どうなんでしょう」

明継自身は気にもとめていない顔でついてゆく。だが、彼が腹の底でなにを考えているのかは弟である晴亮にも読めない。

「若旦那さま、綾錦先生がお見えになりました」

楼主がいる場所は内所と呼ばれている。障子や仕切りはなく、入口や階段を上り下りするものが総て見える場所だ。

長火鉢に顔を伏せ煙草に火をつけていた男が、若い衆の声にチラッと目だけを上げた。

おもむろに煙管を吸ってふうっと煙を吐く。

「――どうも、ご足労いただきまして」

青白い瓜実顔のまだ若い男だ。目が小さく、逆に耳たぶがずいぶん長くて首のあたりでぶらぶら揺れている。

「仰木屋主人代理の榮楽と申します。あいにく、主人の仰木屋榮輔は病で臥せっておりまして」

榮楽はそう言うと煙管を長火鉢に置き、両手をついて頭を下げた。耳たぶが畳につきそうだと思ったが、そうでもなかった。

「綾錦明継です。榮輔どのからの文でご病気なのは存じておりました。具合はいかがですか」

ふわりと衣擦れの音も立てずに座った明継が聞いた。榮楽はうなずいて、

「はい。寝付いてもう一月になります。日々衰えてあまり長くないかもしれません。今日も話をするのはむずかしいようで」

晴亮は話す榮楽の頭上の神棚に、巨大な男根の形をした金精神が祀ってあることに気づいた。筋だった生々しい造りで思わず目を伏せる。

「……医師の見立てでは若い頃からの無理がたたって、体の中がいろいろとうまく動いていないとのことです」

「それはご心配ですね」

明継が同情を込めた言葉を贈ったが、榮楽は軽くあごを引いただけだった。

「お父上からこの楼の異変について聞いてらっしゃいますか？」

「勿論です。実は異変に気がついて父に相談したのはこの私です」

榮楽は自慢げに言った。

「ですから詳細については父より詳しいかと」

「そうですか。お父上に依頼されて、この楼の異変に関して占ったところ、あやかしの卦が出ました。人の力ではないものの影が、楼全体を覆っております」

明継の言葉に榮楽は眉を寄せた。怯えたというより、どこかさげすみを帯びた不審な顔だ。

「ここにおりますのはわたしの弟、いろは堂が主人、陰陽師寒月晴亮です。この者にことの次第をお話しいただけますか?」

「弟さまですか」

榮楽の小さな目で見られ、晴亮はどぎまぎして頭を下げた。

「寒月晴亮です。こちらは虎王院虎丸。私たち二人であやかしの出来事に当たっております」

「これはまたずいぶんお若い」

まだ三十代そこそこであろう榮楽に若いと言われ、晴亮は居心地の悪さを感じる。

「虎王院さまはお武家さまですか?」

榮楽は虎丸の姿をじろじろ見ながら言った。総髪に袴(はかま)姿の虎丸は刀を佩(は)いていない。

長物は楼に上がるとき預ける習わしだからだ。

「ああ、俺は源(みなもと)の……」

言い出した虎丸の口を、晴亮の手が電光石火の早業で封じる。

「そう、そうです。武士です。私の仕事を手伝ってくださっているんです」

「……はあ、左様で」

榮楽は釈然としない顔で返事をした。虎丸が晴亮を睨(にら)むが無視する。

「弟は今の江戸では一番の陰陽師。どんなあやかしのもの、物の怪(け)でも退治いたしましょう」

明継は胸を張って言うが、逆に晴亮は身を小さくした。榮楽はそんな二人にうろんげな目を向けたまま呟(つぶや)いた。

「ずいぶんと弟さまを買っていらっしゃる」

「もちろんです、自慢の弟です」

なぜか榮楽の表情はどんどん険しくなっていった。

「そ、それでは榮楽さんがわかっている範囲でけっこうです。怪異のお話を聞かせていただけますか？」

「わかりました」

榮楽は大きくため息をつくと、話し始めた。

「最初は十日ほど前です。太助(たすけ)という若い衆がいなくなってしまいました。まあ若い男ですから花街勤めがいやになって出て行ってしまった、ということもあるだろうと話しておりました……」

榮楽は煙管を吸い、ふうっと鼻から長く煙を吐いた。

「ところがそのすぐあとに、今度は伝八(でんぱち)という若い衆の姿が見えなくなりました。伝八はもう十年以上この楼で働いている男です。なにも言わずに姿を消すなんておかしいと思いました。しかし、若い衆が二人もいなくなればこちらも困ります。それで新しいものを雇いました。ところがそのものもすぐにいなくなる……あまりに短い期間だったので、私は名前も覚えておりません」

榮楽は苦々しい顔で首を振ると、長火鉢の縁に煙管を打ち付け灰を落とした。

「次々と若い衆がいなくなる……」

「はい」

「勤めの長さは関係なさそうですね」

「そのようです。それでつい二、三日前、今度は伸吾というものがいなくなりました。隣の夕霧楼からの紹介で雇ったもので、まさか雇ったその夜にいなくなるなんて」

ぱん、と強く膝を叩いて吐き捨てる。

「事ここに至ってどうもおかしいと病の父に相談いたしました。それで父が綾錦さまに占いを依頼する文を出しました。ただ私はそれが父の言うような怪異……あやかしのものの仕業とは考えておりません。これはうちに対する嫌がらせではないかと思っています」

「嫌がらせですか」

榮楽は懐手になると首をぶるると振った。つい、振り回される耳たぶに目がいってしまう。

「遊女を拐かすのは難しくても、若い衆なら店は自由に出入りできますから、ちょっとうまいことを言って誑かすのは簡単です。若い衆がいなくなれば廓も困ります」

「嫌がらせをする相手に心当たりはあるんですか？」

晴亮の質問に、榮楽は薄笑いを浮かべて背をそらせた。

「店は全て競争相手ですからね、どことは言えませんが」

「いまのところ、太助さん、伝八さん、来たばかりの人、それに伸吾さんと四人の行方がわからないのですね？」

晴亮は指折り数えて言った。

「そうです。私は一番最初に姿をくらました太助が怪しいと思っています。やつがそのあとの三人を仲間に引き込んだのではないかと」

「番所には届けましたか？」

「はい、行方を調べてもらっていますが、なんの手がかりもないようで」

榮楽の言葉はそっけない。四人もの人間が行方不明になっているのに、なんの感情もないようだ。

「あんたは行方不明になった男たちが心配じゃねえのか？」

さすがに虎丸が不快そうな口ぶりで言った。それに榮楽は蔑む(さげす)ような口調で、

「女子供じゃない、大の男ですよ。どうせ金をもらって吉原の外で遊んでいるんだ」

と返した。

「では……榮楽さんは私たちになにをお望みですか？」

晴亮は困ってしまった。榮楽はどうも自分に仕事をさせたくはないようだ。

「そちらの綾錦先生に占っていただくとあやかしの卦が出たとのことですが、正直私にも何をしていただいてよいやら……。ただ父は綾錦先生には絶対の信頼をおいておりますし、わざわざ来ていただいたというのもありますし……」

榮楽は首を振った。長い耳たぶがぺちぺちとその頰を叩く。

「私としては消えた四人の男の行方が知りたい、そしてこんなことをしているやつの正体を暴きたい。見て回って解決できるのならよろしくお願いいたします。お泊まりで調べられるというなら今夜はお部屋も食事も用意しましょう。でも何もわからなければ明日にはお戻りいただいてけっこうでございます」

榮楽は早口でそう言うと、体を斜めにして気のない様子で頭をさげた。

二

「なんだかなあ……この話は断っていいんじゃねえか？」

ぶらぶらと妓楼（ぎろう）の廊下を歩きながら虎丸が言った。

「兄貴はどう思うよ」

一緒に歩いている明継にも声をかける。

「わたしもそう思う。晴亮がわざわざ来ているというのに、あの態度はない。解決できるのならよろしくだと？　馬鹿にしておる。帰るついでに呪でもかけていくか？」

「そんなことできるわけないじゃないですか」

ぷりぷり怒っている明継を、晴亮は苦笑してなだめた。

「このままではこの楼はだめだ。第一嫌がらせだと？　縁妓楼のような大見世ならともかく、ここはそんなことをされるほどの楼でもあるまい」

「兄上……」

普段感情を露わにしない次兄がここまで怒るとは。なんだか珍しいし面白いので、逆に晴亮には怒りの気持ちがわかなかった。

「はは、明継兄上は晴亮のこととなると頭に血がのぼるようだな」

虎丸もそう思ったのか、楽しげに明継を見る。

「当たり前だ、わたしの晴亮を軽く見おって。今後、あの耳たぶ旦那が楼主になるならこの店も早晩潰れるだろう」

「耳たぶ旦那」

虎丸がくっくと笑う。晴亮もぐっと笑いをこらえた。

「ほら、見ろ」

明継は廊下の柱の上の方を指さした。天井と柱の間に小さな蜘蛛の巣がある。

「一流の妓楼はあんな蜘蛛の巣など張らせてはいない。主人のいい加減さは使用人にも伝播するものだ」

楼の中をくまなく歩いてみたが、妖気も邪気も感じ取れなかった。符を目にかざしても、妖気があるところに発生する黒い影も見えない。

ここまでつきあった明継は仕事があると帰ることとなった。晴亮にいやになったらやめていいからな、と念を押していく。

晴亮は虎丸と一緒にもう一度楼を歩き、中で働く若い衆を捕まえて行方不明になった四人のことを聞いてみた。

「太助は上州からきた奴で、牛みたいにでっかいやつだったんだが、おつむも牛並みにとろくてな。若い衆としてそんなに役には立たなかった、でも、とにかく力が強いんでその点では重宝されていたな。いなくなった理由？　さあ、やっぱり年がら年中叱られてていやけがさしたんじゃねえか？」

楼の前で客の呼び込みをしていた妓夫はあっちへ行ったりこっちへ来たり、忙しそうにしながらも答えてくれた。

「伝八さんは古株で吉原のことはなんでもよく知ってたよ。生まれもこっちだったたって聞いてた。優しいしガタイもよくて姐さんたちにもてたね。いなくなったときはけっこう騒ぎになったんだけど、まあ若旦那に不満があったんじゃねえかな？」

たすき掛けして二階の遊女たちに食事の膳を運んでいた男が教えてくれる。

「新入りか。ええっと名前は……なんだっけ、なんか一とか二とか数がついてたな。秩父のやつだ。とにかく店に入ったばかりで俺も言葉をかわしたこたぁねえからな。太助がいなくなって力仕事ができるやつが欲しいって雇われたんだ。太ってたけど力はどうだったかな。夜までいたのは確かだよ。晩飯を一緒に食ったからな」

客の履き物を預かる下足番の男はそう答えた。

「伸吾さんは夕霧楼から来てくれたんだよ。しゅっとしたいい男で、あんたほどじゃないけど背も高かった。だけどまさか来た日にとんずらするなんてな。神田が地元だって言ってたからそっちに戻ってんじゃねえのか？　消える前になにか言ってたかって？　いやあ、べつになにも特別なことは言ってないな。とにかく人手が足りなくて大変だよ。若旦那はなかなか人を補充してくれないしな」

妓楼の入口に置かれた妓夫台に座る見世番が、汗をふきふきそう言った。見世番はその名の通り出入りする人間を見張ったり、張り見世で遊女を見立てる客にいろいろと説明したりする役目だ。

二人は情報を集めたが、生まれを含め、共通点が見つからない。楼に特別変わったこともないという。

「これは本当にあやかしの仕業ではないのかもしれないですね」

「そうかあ？」

　虎丸は首をかしげた。

「少なくとも俺は共通点をひとつ見つけたぜ」

「え？　なんです？」

「ガタイだ」

　虎丸は指を立てた。

「太助は牛みたいにでかかった。伝八はガタイがよかった。新入りは太ってた。伸吾は背が高かった……みんなガタイがいいんだよ」

「あ……」

　特徴を聞いておきながら体の大きさのことには気づかなかった。そういえば残っている若い衆は痩せていたり小柄だったり、あまり大きな人間はいない。

「でも、そうだとしたらやっぱり引き抜きってこともあるかもしれません。体格のいい、力のある人を集めているのかもしれない」

「もっと簡単に考えたらどうだ？」

「簡単に？」

　虎丸はにやりと凄みのある笑みを浮かべた。

「でかい方が美味い」

晴亮の顔から血の気が引いた。

「まさか、そんな」

「妖怪相手ならそう考えてもいいだろ」

晴亮は想像しようとしたが怖すぎるので止めた。

「……妖怪じゃない方がいいですね」

「だからな、今夜俺が囮になってみる」

「ええっ⁉」

虎丸は着物の袖を指で摘まんで広げると、ひょうきんに飛び跳ねてみた。

「若い衆の恰好をして楼の中をうろついてみるよ」

「そんな、危険です！」

言い募る晴亮の肩を押さえ、虎丸は安心させるように微笑みかけた。

「いいからいいから、任せときなって。そんで夜まで時間があるから、その間縁妓楼へ行っててもいいか？」

「――は？」

虎丸は片手を上げて拝む真似をする。

「朱菊に会いたいんだよ。戌の刻には戻るから、な？」

虎丸はそう言うとさっさと仰木屋を出て行ってしまった。一人で残されてしまった晴亮のそばに、まだ客のついていない遊女たちが寄ってくる。

「あらあらかわいそうに。おいてけぼり？」

「あちきたちが遊んであげましょうか」

「綾錦さまの弟さまでしょ？　お兄様のお話きかせておくんなまし」

華やかな香の匂いが鼻腔をくすぐる。白魚のような指が頬をくすぐる。ぞわぞわと背筋の毛が逆立った。

「い、いいえ！　私は、私は、今夜の用意がありますので！」

晴亮は身を翻して楼主が用意してくれた小部屋に逃げ込んだ。昼間に行灯を集めておく湿っぽい小さな部屋で、布団が一組と燭台しかない。晴亮は布団につっぷして、ぜえぜえと息を切らした。

「虎丸～！　だから私を一人にするなって言ったのに――！」

虎丸が縁妓楼へ行くと、あいにく朱菊には客がついているということで、あてがわれた部屋で待つことになった。酒とつまみでちびちびやっていると、半刻ほどして朱菊が現れた。

「おまたせいたしんた」

「さすがに売れっ子だな」

「そうだよぉ、ここでもあんまりゆっくりできないんだ。だけど相手があんただから、急いで来たんだよ」

「別にいい。どのみち仰木屋に戻らなきゃいけない」

そう言うと朱菊はきっと虎丸を睨んだ。

「吉原の掟を知らないのかい？　一度馴染みになったら他の楼へあがっちゃいけないんだよ？」

「仕事なんだ」

「あら」

朱菊は楽しそうな声をあげると、虎丸に身を寄せた。

「仰木屋にあやかしが出たのかい？」

自分の身に振りかからなければ面白いネタだ。

「あやかしの仕業かどうかわからねえが、あの楼で四人の男が消えている。なにか聞いてないか？」

「さっきも言ったけど、客は他の楼と掛け持ちしちゃいけないんだよ。だから他の楼の話はあんまり知らないのさ」

朱菊は肩をすくめると、徳利の首を摘まんだ。

「あそこの大旦那が寝付いてから、せがれが楼を仕切ってるってことくらいしか」

「知ってるじゃねえか」

朱菊は小さく笑って虎丸の杯に酒を注いだ。虎丸はそれを一息で呑(の)むと、徳利をとって返杯する。

「そのくらいは風の噂で聞こえてくるさ」

紅(あか)い唇をすぼめて朱菊は酒をすすった。

「他に知らねえか？　なんか祟(たた)られてるとか呪われてるとか……仰木屋の耳たぶ旦那は嫌がらせだというけど」

「耳たぶ旦那」

けろけろと声を上げて朱菊が笑った。

「そんなに耳たぶ長いのかい？」

「ああ、長い長い。撞木(しゅもく)を巻き付けて鐘が打てそうだ」

朱菊は身を折って笑う。虎丸はそんな笑い声を楽しそうに聞いていた。

「ああ、おかしい。笑わせてくれたお礼に教えてあげるよ」

「おお、なんでもいいぞ」

二人きりの部屋なのに、朱菊はさっと周囲を見回して、虎丸の肩にすり寄る。熱い息が耳をくすぐった。

「……あそこにはね、座敷童(ざしきわらし)がいるって話だよ」

「座敷童だって？」

朱菊は小さく舌を出して唇を湿らせた。

「そう。誰も姿を見たことないけどなんかいるらしいって。妓と床入りしていると、どうもなにか覗かれてるような気がするってこないだの客が」

「うん？　客は他の楼へ行っちゃいけないんじゃねえのか？」

虎丸は遊女の顔を覗き込んだ。朱菊は苦笑して、

「まあ決まりとしちゃね。でもそんなこと言ってる時代じゃないし……客はばれなきゃいいと思ってるよ」

「ふうん」

「あと、これはちょいと辛い話なんだけど」

朱菊はきゅっと杯を空けて言った。

「ちょっと前、仰木屋の遊女が死んだらしいんだ。それも男と逃げようとして折檻されて責め殺されたんだよ……若旦那にね」

「殺された？」

朱菊はいっそう身を寄せ、囁くように虎丸に言った。

「なにか変なことが起こってるなら……その遊女の祟りかもね」

　同じ頃、晴亮は行灯部屋で燭台の灯り(あか)を頼りに符を作っていた。持ってきていた札に呪言(じゅごん)を書き込んでゆく。一文字一文字念を込め、力を込める。

　偽晴明(せいめい)の一件から自分の符を作るようになった。今のところこの符で間に合っている。ただ虎丸に貰(もら)った本当の晴明の符ほどの一撃必殺の力はない。

　精神を研ぎ澄ませ、鍛錬や経験を重ねるしかないのだ。

　書き上げた符を燭台の火に透かしてみる。

「――うん、まあ、いい出来かな」

　以前は自分の符に自信が持てなかったが、今は頼りになる相棒だと思えるようになった。

「それにしても人間の相棒はどうしてるんだ」

　こんな場所に自分を一人にして恨めしい。

　出して貰った夕餉(ゆうげ)の膳(ぜん)を隅へ寄せ、晴亮は狭い部屋にごろりと横になった。昼間に行灯を保管しておく部屋だけあって、出払っている夜も油臭い。

(窓と廊下の障子を開ければ――)

　そう思いついて身を起こそうとしたとき、ふと、廊下側の障子の上の小さな障子――猫間障子に目が向いた。換気用のそこが小さく開いている。

　そこに。

真っ白い顔があった。

まるで人形のように白い、あれは白粉(おしろい)を塗った顔か。その顔が猫間障子の向こうから覗いていた。

ひくっと晴亮の喉(のど)が鳴った。

「――ッ！」

考えるより先に体が動いていた。腕が、手が、隙間に向けて符を放つ。

符は障子に当たり、白い顔がさっと消える。晴亮はバタバタと畳の上で手足を動かして腹ばいになり、障子の方へ向かった。

「だ、だれだ！」

力一杯障子を開けたが、廊下には誰もいなかった。向こうから鉄瓶を持った若い衆が小走りにやってくる。

「あ、あの」

晴亮は若い衆を呼び止めた。

「い、今、廊下を誰か通っていきませんでしたか？」

「え？　いや、あっしの方へは誰もきませんでしたよ」

若い衆はそう言うと前へ進んだ。晴亮もその後を追ったがその先は厨(くりや)だ。

（そもそも、あんな上から覗くなら踏み台のようなものが必要なはず）

そんな物も見当たらない。

晴亮は部屋に戻ると持ってきていた荷物の中から鳥山石燕の『画図百鬼夜行』『今昔画図続百鬼』を取り出した。

全部で六冊、妖怪絵の大家が描いた妖怪図鑑だ。河童や天狗のようによく知られたものもいれば、石燕の創作ではないかと言われるものも載っている。

晴亮はそれらを石燕が実際に見たのではないかと思っている。彼もまた視える者だったのかもしれない。

「ええっと……確か覗く妖怪が……」

ぶつぶつ言いながら頁をめくると、三冊組の一冊、陽の本の一枚が目に留まった。

――妖怪　高女――

醜い女が体を長く伸ばし階段の上の部屋を覗いている。説明はなく、ただ図だけだが、その分得体が知れずに恐ろしい。

「たかおんな……」

真っ白な白粉の顔。

仰木屋に潜むのはこの妖怪なのか？

三

虎丸が戻ってきたのは火の番が拍子木を鳴らしながら見回りを始める頃だった。この時刻になると大門も閉じ、新規の客は入ってこず、総て(すべ)の見世は閉められる。

「夜はまだ冷えるな」

部屋に戻ってきた虎丸の頭にも肩にも吉原に植えられた桜の花びらがついている。ひとひらひとひら、夜気をはらんで柔らかい雪のようだ。

「虎丸、あやかしが——」

「ハル、幽霊が——」

顔を合わせて同時に言葉を投げかける。虎丸は目を丸くし、体をはたいて桜を全部落とすと晴亮の前に座った。

「なんだって?」

「あやかしが出ました。その隙間から私を見ていたんです」

虎丸は晴亮が指さす猫間障子を見あげる。

「だとするとずいぶんでかいやつだな」

「顔は普通の大きさでした。おそらくこれじゃないかと」

晴亮が画図を開く。虎丸は頁を覗き込んで文字を読む。

「たか……おんな？　女だったのか？」

「白粉を塗ってましたからおそらく」

ふむ、と虎丸は腕を組んで壁に寄りかかった。

「なるほど。じゃあ俺の聞いてきた幽霊の方かもしれん」

「幽霊？」

「この楼で最近遊女が死んでる。仕置きされて責め殺されたそうだ、耳たぶ旦那(だんな)に。恨んで幽霊になってもおかしくないだろ？」

晴亮はその話に眉(まゆ)をひそめた。

「死んだ人が全員幽霊になるわけではありませんが……辛い死に方をしたなら心は残しそうですね」

「だろ？　自分の見世の妓(おんな)を殺すなんてなにを考えてるんだ」

晴亮はぱたんと画図を閉じると強い口調で言った。

「――もう一度榮楽さんに話を聞きましょう」

「まだ起きているかな」

「明日には帰れと言われてるんですから、寝てても起こしますよ」

言い切った晴亮を虎丸は頼もしげに見た。

「言うようになったじゃねえか」

「私だって寒月家の家長ですからね」

「一人しかいないのになにが家長……」

言いかけた虎丸の声が途切れた。晴亮が虎丸の顔を見ると、かっと目を見開いて上を見ている。その視線を追うと猫間障子だ。障子が開き、また白い顔が覗いていた。

白粉をべたりと塗った表情のわからない顔。黄色く濁った白目の中の小さな黒目がきろりとこちらを見た。

「と、とらまる……っ！」

虎丸の手が素早く膳の上の木椀を摑み、投げつける。ほぼ同時に立ち上がって障子に向かった。

「だれだ！」

スタン！　と障子を開けたが暗い廊下には誰もいない。しんと静まりかえっているだけだ。

「虎丸」

廊下に出てきた晴亮がぶるっと身震いして言った。

「さっき見たのもあれです」

「あれが高女か……」

猫間障子を見上げる。虎丸も背が高い方だが、あそこから覗くには踏み台がいる。

「おっかねえ顔だったな。鬼や蛇より、あんな笑わない女の方がおっかねえぜ」

楼の奥には楼主一家の寝室があり、廊下番が立っている。思った通り若旦那はもう休んでいるとはねつけられたが、そこをどうしてもと言って出てきて貰った。

ずるりとした女物の打ち掛けを羽織って榮楽は不機嫌な顔を出した。

「なんです？　こんな夜更けに。いなくなったやつらのことがわかったんですか？」

「そうじゃない。それよりおまえ、最近遊女を殺したことを言わなかったな」

榮楽は顔を歪めた。

「殺したなんて人聞きの悪い。事故ですよ」

「死ぬまで責めたんだろう」

「足抜けは殺されたって文句は言えないんです」

「殺すことはなかったと思います」

晴亮も虎丸の背後から強い調子で言った。榮楽はやれやれと首を振り、

「廓は一つの国なんですよ。どぶに囲まれた色と欲の国。ここじゃあ世間さまの常識も決まりも役に立たない。郭のしきたりに従うしかないんですよ」

「死んだ遊女はどうしたんだ。墓のひとつも作ってやったんだろうな」

「ご存じないんですか？　死んだ女の行き場は決まってます。浄閑寺に投げ込んで、他の遊女と同じ穴ですよ」

「そりゃ、単に捨ててるだけだろうが！」

榮楽はなにか言おうとしたが、口論を続けても仕方がないと思ったのか、ただ横を向いただけだった。

「その方が亡くなったのはどこですか」

晴亮はやり場のない悲しみを堪え、榮楽を睨みつけた。

榮楽と数人の若い衆に妓楼の裏庭に案内された。そこに小さな物置がある。それを見たとたん、晴亮はすくみあがり、足を止めた。

「どうした？」

「いえ……なにかすごく、胸が痛くなって」

一歩近づくごとに肩が重くなる。妓楼の中では感じたことのない苦しさだ。

「ここで……いったい何人の女性が亡くなっているんですか」

喘ぎながら晴亮が言うと、榮楽は「さあ」と首をかしげた。

「親父の代から逃げ出す遊女はひっきりなしでしたからね。何人死んだか」

人ごとのように言う。

虎丸がすたすたと先に立ち、物置の扉を開ける。行灯の灯りで中を照らすと、はしごや箱などごたごたと詰め込まれているのが見えた。中央に縄が一本ぶらさがっているのが不気味だ。よく見ると、縄は梁につけられた滑車から延びている。

「あの縄で女を縛って吊り下げたのか」

虎丸が吐き戻しそうな顔で呟く。

今はもう符を使わなくても晴亮には見えていた。そこここに蠢く暗い念。苦痛のうめきをあげる死者たち。

積み重なった遊女たちの苦しみや悲しみは、今はもう人の姿も留めず、ただ黒い影のように湧き上がっている。

「お坊さんを……明日にでもお坊さんを呼んでお経をあげてください。私ではだめです。こんなに大勢の人を……こんな苦しみを成仏させてはあげられない」

入口でへたりこみ、晴亮は呻いた。頭が締め付けられたかのように激しく痛み、鼻の奥からどろりとした熱いものが溢れてきた。ぼたぼたと床に落ちるのは血だ。自分のものではない涙が滂沱と流れ落ち、さらに血だまりを広げて行く。

「ハル！」

虎丸が晴亮の体を抱え、手拭いを顔に当てた。その布もあっという間に血に染まってゆく。

一緒についてきていた榮楽も、他の若い衆も、晴亮の様子にさすがに動揺し、怯えた顔を見せた。

「ほ、ほんとに遊女の霊がいるのかい」

「いますよ！　なんでわからないんです！」

涙と鼻血でびしょ濡れになった顔を上げて晴亮は叫んだ。

「みんなここから動けず苦しんでいる！　体はお寺に運ばれても、苦しんだ思いは残っている。ここにいつまでも囚われているんです。だからもう苦しいことはないと知らせて解放してあげなくては」

吉原の男たちはじりじりと物置小屋から離れた。見えなくても心の中の後ろめたさが彼らの足を動かしているのだろう。

「わ、わかった。夜が明けたら坊主を呼ぼう。そうしたらいなくなった男どもは戻ってくるのかい」

それは……わからない。

ここには確かに殺された女たちの念が溜まっている。しかしその念が若い衆を消す、というのはどうにも違和感があった。

だが晴亮はあえて言わなかった。彼女たちが解放されればそれでいい。もう、それだけでもいい。

「立てるか、ハル」

虎丸が体を起こそうとする。晴亮は虎丸の腕を摑むと吉原の男たちに聞こえないように、その耳に囁いた。

「ちょっと違う気がするんですよ」

「え？」

「さっき覗いていた白粉の顔」

虎丸はちらりと背後にいる榮楽たちに目線を向け、それから晴亮を覗き込んだ。

「高女か」

「はい。最初は遊女の霊が高女になったのかと思ってたんです。でも、うまく言えないんですけど、ここのとは雰囲気、というか種類が違う気がするんです」

「種類？」

晴亮は自分の感じたことをなんとか言葉にしようと苦労した。

「なんというか、あれは感触がもっと生々しくて強かった気がするんです。そう思いませんか？　物置小屋の方たちはほんとうに念だけで触れないんですけど、あれは今にも触れそうで……」

「そう言われればそうだな――」

「…………」

隙間から覗(のぞ)いていた白い貌(かお)。確かに目が合った。あれは私を見ていた。その目には感情があった。そう、まるで人間のように。

「あ、」

虎丸が不意に声を発し、晴亮はびくんとすくみあがった。

「な、なんです、驚かさないで」

「いや、忘れてたんだけどよ。朱菊が言ってたんだ、遊女が死んだ話の前に」

「なにをです」

「この楼には座敷童(ざしきわらし)がいるって」

「座敷童⁉」

思わず声をあげてしまった。はっと振り向くと楼の男たちがこちらを見ている。晴亮は顔を戻し、虎丸に囁いた。

「なんです、その話」

「いや、この楼に昔からいるんだってよ。客が濡れ場で覗かれたって言ってたと」

「座敷童……」

その存在は知っている。家に憑(つ)く子供の姿をした守り神。しかし。

「あれは——そんなもののようには思えなかった」

そもそもあれだけ白粉まみれだと子供か大人かもわからない。

「あの、榮楽さん」

晴亮が近づくと、榮楽はさっと背を向け歩き出した。

「待ってください。あの、この楼には座敷童がいるのですか？」

「馬鹿か、あんた！」

榮楽が肩越しに振り向き怒鳴った。

「そんなものいるわけないだろう？　坊主は朝になったら呼ぶから、あんたたちの仕事はもう終わりだ。さっさと部屋に戻って大門が開き次第帰ってくれ」

そのままさっさと楼の中に入っていってしまう。若い衆たちもぞろぞろと引き上げたが、一人だけ、残っているものがいた。

「あ、あのぉ……」

確か行方不明の若い衆の話を聞いた見世番だった。

「座敷童って、どこか別の楼で聞かれたんですか？」

「ああ。縁妓楼の遊女が教えてくれた」

「そうですか、他の楼にも伝わっているんですかい」

見世番は両手の指を組み合わせ、せわしなく動かした。

「座敷童のことを知ってるのか？」

「あっしは去年ここに来たんで、見たことはないんですがね」

見世番は背後を気にしながら声をひそめた。

「実は若旦那には兄弟がいるって言うんですよ」

「兄弟？」

見世番はさらに声をひそめたので、虎丸は耳をその口につけなければならなかった。

「そう、兄貴がね。でも肺を病んでて奥からほとんど出てこない――いや、若旦那が出さないんだって。それがもうずいぶん長い間」

「病気のお兄さんが……」

「座敷童ってのはきっとそれだよ。あ、あっしが言ったってことは内緒にしといてくれよ？」

見世番はそう言うと急いで若旦那たちを追いかけて行った。

「あの耳たぶ野郎はなんで兄弟がいることを黙ってたんだ？」

「一連の事件には関係無いと思ったのかもしれません。ご病気ということですし」

「やつらを追いかけて話を聞こう」

「と、虎丸。乱暴はしないでくださいよ！」

虎丸が走り出す。晴亮はあわててそのあとを追った。

妓楼の奥にある楼主の寝室へ入ろうとすると、奥の番をしている若い衆に止められてしまった。

「だから、呼んでこいって言ってんだよ！」

もう若旦那はお休みだからと拒む若い衆と押し問答をしていると、再び榮楽が迷惑そうな顔で出てきた。

「寝かせないつもりですか」

榮楽の後ろには女性も顔を覗かせている。女房らしい。元は遊女だったのか、地味な寝間着を着ていても華やかな美しさがあった。

「座敷童のことを聞きたいんだよ」

虎丸が言うと榮楽は大げさにため息をついた。

「だからそんなものはいないと申し上げました」

「兄貴がいるそうじゃねえか」

その言葉にぎろりと白い目をあげる。その目つきが高女の黄色い目とよく似ていて、晴亮は息を吞んだ。やはり——あれは彼の兄なのか。

「誰から聞いたんです」

「誰でもいいだろ。その兄貴が座敷童なんじゃねえのか」

虎丸は榮楽の前で胸を張り、軽く体をぶつける。晴亮が乱暴をするなと言ったので、腕は使わないという意思表示だろう。

「失礼なことを。兄は病気で臥せっているんですよ」

「俺たちの部屋を覗いたやつがいたんだよ。あと遊女の部屋を覗くのも好きらしい」

榮楽は眉をつり上げた。

「まさか。兄は部屋から出ないんですよ」

「とにかく一度会わせてくれねえか？」

「こんな夜中に？　明日にしてください」

「明日には出て行けって言うんだろ。顔を見るだけだ、寝てんならそのままでもいい」

虎丸はぐうっと硬い胸を榮楽に押しつける。

「俺たちを覗いていたあの白粉塗りの顔、それがあんたの兄貴かどうか確かめるだけでいいんだ」

「――白粉塗り？」

ぴくりと榮楽の眉が撥ね上がった。彼は下を向いて少し考える素振りを見せると、振り返って自分の女房を見た。

「手燭を持ってきてくれ」

「榮楽さん、ありがとうございます」

晴亮が頭を下げると、榮楽は手燭で自分の顔を照らし出し、言った。

「確認するだけですよ。出られるはずがないんだ」

きしきしと床板を軋(きし)ませながら榮楽は暗い廊下を進んだ。榮楽の持つ手燭の灯(あか)りだけが足下を弱々しく照らしている。

「お兄様は肺をお病みとか。ご病気はいつからですか？」

「いつからでしたかねえ。ここ数年のことです」

晴亮が丁寧に聞いたが、返事はそっけないものだった。

「どうして急に気が変わったんだ？　兄貴に会わせてくれるって」

「あんたが白粉(おしろい)塗りの顔と言ったからですよ」

榮楽は振り向かずに言った。

「兄——宗輔(そうすけ)は肺を患ってからいろいろと薬を試していたんですが、その薬のどれかと相性が悪くて、顔にひどい吹き出物ができたんです。それを掻(か)き壊して二目(ふため)と見られぬご面相になりましてね、その顔を隠すために白粉を塗るようになったんですよ」

晴亮は虎丸と顔を見合わせた。あの白粉にはそんな理由があったのか。確かにあれだけ分厚く白粉を塗っていれば、元の肌はわからないだろう。

「兄貴とはいくつ違いなんだ」

今度は虎丸が聞く。

「七つです」

その答えに晴亮はぱっと顔を輝かせた。

「そうなんですね、私も兄とは七歳違います。奇遇ですね」

ちらと榮楽は肩越しに晴亮を見やった。

「……寒月さまはご兄弟仲がよろしそうですね」

「はい、私は兄たちに育てられたようなものですから。あ、明継兄上の上にもう一人兄がおります。今は天文方に勤めていますが」

「頼りがいのある兄上たちのようで羨ましい。私の兄はとにかく寝ているだけ。仰木屋に吸い付くコバンザメのようなものですよ」

嬉しげに兄の話をする晴亮に、榮楽は皮肉げな物言いをした。

「おまえは兄貴が嫌いなのか？」

直截な虎丸の質問にも、榮楽は口調を変えることなく吐き捨てる。

「兄の宗輔には漢気も商才もなく、楼の若旦那として甘やかされて育ちました。金を湯水のように使い、放蕩をつくしたあげく見世を出て行ってしまった。それから何年かして、どこからか病をもらって帰ってきたんです。嫌いというか呆れてしまいますよ。それでも長男だからということで大切に奥に仕舞われている。それだけでも金がかかるんですよ。あいつは穀潰しのろくでなしだ」

いつも胸の中で罵っていたのか、立て板に水のごとくの悪口だ。全身で嫌いだと言っている榮楽の背を、晴亮は悲しい思いで見つめた。

晴亮にとって二人の兄たちは、幼い頃は世界であり、大人になった今でも尊敬すべき対象だ。

なにかと子供扱いして自由気ままに自分を振り回す明継も、冷たい言動が怖い亮仁も、本当は自分を大切に思ってくれていると知っている。裏切ることも裏切られることもない、無償の信頼がある。それが兄弟だと思っていた。だが、榮楽とその兄はこんなにも断絶してしまっている……。

廊下を進むと行き止まりだった。いや、先はあるのだが、錠が下ろされた格子組の扉で塞がれている。

「おい、なんだこれは」

虎丸は格子を摑んだ。かなりがっちりと作られ、まるで牢のようだ。

「座敷牢じゃねえか。兄貴を閉じ込めているのか？」

「肺病病みなんですよ。妓たちに移したら大変なことになる」

榮楽は当然のことのように言う。

「だからってこれは……」

「兄の病は肺だけじゃない。頭も病んでおかしくなっているんです。以前暴れて大変だった。これは親父も承知していることです」

晴亮も格子に触れた。格子の間は腕を一本伸ばすのが精一杯の狭さだ。もし座敷童(ざしきわらし)が榮楽の兄だったとしても、確かにここからすり抜けることは出来ない。

「鍵(かぎ)は私が持っています。兄がここを抜け出してお二人の部屋にいくことは不可能ですよ」

榮楽は長い鍵を取り出し、錠前に差し込んだ。ガチャリと冷たい音がして錠が開く。格子の扉はギイッと軋んだ音を立てた。

「兄はこの先の部屋で寝ているはずです」

すぐそこにある部屋の前に立つと、榮楽は声をかけた。

「宗輔兄さん、すみませんが部屋に入りますよ」

しかし、中から応(いら)えはない。榮楽はしばらく待ってから障子に手をかけた。

「兄さん――」

開かれた部屋は真っ暗だった。榮楽の手燭の灯りが中を照らす。むっとこもった臭いがして、晴亮は思わず鼻を押さえる。血のような、腐った肉の臭いのような。中に布団が見えたが、それは剝(は)いであり、寝床の中は空だった。

「いねえじゃないか」

虎丸の声に榮楽は眉をひそめた。

「きっと厠(かわや)ですよ」

部屋を出て足早に廊下を進む。つきあたりの厠の扉を燊楽はせわしく叩いた。

「宗輔兄さん、ここですか？」

やはり答えはない。取っ手に手をかけるとそれはあっさりと開いた。

「どこへ行ったんだ」

格子戸を通ってからは先ほどの部屋と廊下と厠しかない。雨戸も打ち付けられて開かないとすればいったいどこへ行ったのか。

「まさか本当にここから逃げ出して——」

「こんなところに閉じ込められてたら、そりゃ逃げたくなるだろう」

「しかしどうやって！」

燊楽は身を返すと廊下を戻り出した。晴亮と虎丸もそのあとに続く。だが歩き出してすぐに異変に気づいた。

「……おい」

虎丸が先に進む燊楽に声をかける。

「こんな長い廊下だったか？」

燊楽は答えない。しかし灯りがゆらゆら揺れるのは、手燭を持っている燊楽の手が震えているからだ。

「おい、おかしいだろ」

格子戸から入って五歩くらいで兄の寝室、それから七歩くらいで厠。すぐそこのはずだ。だが歩いても歩いても格子戸に辿り着かない。

「ハル、こいつぁ……」

「はい」

晴亮は懐に手をいれて符を取り出した。

「注意してください、私たちはどうやら取り込まれたようです」

四

「取り込まれたってどういうことだい！」

初めて榮楽が振り向いて怒鳴った。今まで精一杯我慢していたのだろう、顔中に汗をかき、目が血走っている。醜い形相で榮楽は晴亮を睨みつけた。

「なんで廊下からでられないんだ！」

「落ち着いてください、おそらくここはあやかしの結界の中です」

「あやかしの結界？　なんでだ、あやかしなんてそんなものは」

くわっと晴亮に摑みかかろうとした榮楽の手を、虎丸が遮る。

「説明がつかないってことがすでにあやかしなんだよ」

「そんな」

榮楽は虎丸の胸を突くと、そばにある障子に手をかけて開けようとしてみた。だが、戸はまったく動かず、張ってある薄い紙一枚破れなかった。

「どうなっているんだい、これは！」

「たぶん、見えているものはまやかしで実体じゃないんです」

晴亮も障子に触れてみた。木の枠も張られた紙も、本物そっくりの感触だったが、どんなに力を込めても穴ひとつあけることができない。

「まやかし……そんなばかな」

「もう少し先に進んでみましょう」

代わり映えのしない廊下を進んでいくと、障子の内側がぼんやりと明るい部屋が見えてきた。

「虎丸、障子を開けてみてください。気をつけて」

「わかった」

わかったと言いつつ、虎丸は無造作に足を上げて障子を蹴飛ばす。障子戸が大きな音を立てて外れ、部屋の中へ倒れ込んだ。

「ひえ……っ！」

榮楽が甲高い悲鳴を上げた。

部屋の中には行灯がひとつあり、その周りに数体分の白骨があった。みんな男物の着物を着ている。

「髑髏の数が四つ……行方不明になった若い衆か」

「そ、そんな……」

榮楽はへなへなと膝から崩れた。

「人喰いの化け物がいるっていうのかい」

虎丸は試しに雨戸にも体当たりしたが、そちらは破れずかえって弾き飛ばされてしまう。

「私らはこのままこの廊下を出られず、この髑髏みたいに死んでしまうのかい……？」

榮楽が泣き声をあげて虎丸にすがりつく。

「ハル、こいつらはここから出られず餓え死にしたのか？」

さすがに虎丸も不安げな声を出した。それに晴亮は首を横に振る。

「餓え死にするほど時間が経っているなら着物もぼろぼろになるでしょう。でも着物はきれいなままです。だからさほど時間は経っていない。というかここには時間は関係ないのかもしれません」

晴亮は榮楽の持つ手燭を指さした。

「その蠟燭がまったく減っていませんから。私たちも気持ち的に疲れてはいますが、動けなくなるというほどではないでしょう？」

「なるほど、それもそうだ」

虎丸はしがみつく榮楽を無慈悲に引き剝がすと、腕をぐるりと回した。

「まだまだ大丈夫そうだぜ」

「こんな場所では心がくじければ負けです。絶望が私たちを殺すんです。気をしっかり持ってください」

晴亮は床にへたりこんでいる榮楽をそう言って励ました。

「だけど、終わりが見えない……いったいいつまでこんな場所に閉じ込められていればいいんだ……」

榮楽が泣き声を上げると、それにかぶせるように低い笑い声が響いてきた。はっと晴亮は懐に手を入れ符を摑(つか)み、虎丸は拳(こぶし)を握りしめる。

「誰だ！　出てこい！」

「虎丸、あれを……！」

晴亮が指さす廊下に、格子が出現していた。榮楽が鍵を開けたあの格子戸だ。

「戻ったのか⁉」

駆け寄ろうとした虎丸がつんのめるようにして止まる。格子戸の向こうに誰かが立っていたからだ。

「……閉じ込められる気持ちがわかったかい」

背の高い、白い着物を着た人間だった。その顔は白粉(おしろい)で真っ白に塗りつぶされている。男とも女ともわからぬ表情のない顔。

「に、兄さん」

榮楽が飛び上がるようにして立ち上がった。

「ハル、あの顔……」

「はい、上から覗(のぞ)いていたのはあの人ですね」

やはり猫間障子から覗いていた高女——座敷童(ざしきわらし)は榮楽の兄、宗輔だったのだ。

「ええ？　榮楽。閉じ込められているあたしの気持ちが少しはわかったかいっ！」

宗輔は格子を両手で摑んで顔を押しつけてきた。白粉の顔の口の部分が三日月のように割れる。

「兄さん、いったい……どうやって外に」

「知りたいかい？　教えてやろうか？」

にまあっと宗輔の笑みが大きくなる。

「ああ、知りたいな。どういう技なんだ」

虎丸が榮楽を庇(かば)うように前に出て言った。宗輔は口だけで嗤(わら)った。

「弟と親父にここへ閉じ込められて、あたしはずっとずっと外へ出たいと願っていた。

この格子からこうやって……」

　宗輔が格子の間から腕を伸ばす。異様に長い腕だった。

「腕を伸ばしたり顔を押しつけたり」

　ぐいぐいと宗輔は自分の顔を格子に押しつける。だがそんな狭い穴から出られるはずもない。

「毎日毎日、ここで外に焦がれていた。そうしているうちにね……」

　ずるり。

　宗輔の顔が見る間に小さくなって、すううと格子の間を通り抜けた。首が伸び、肩が溶けるように消えて格子を通る。通り抜けると顔も肩も胸も戻った。腕も抜け、いまは腰が細くなって格子の中に残っている。

「ひいいっ！」

　榮楽が悲鳴をあげてひっくり返り、尻で後ずさる。ずるずると宗輔の体はまだまだ伸びた。

「こんなことができるようになったんだよ……」

　そう言って首を、体を持ち上げると、天井につきそうなほど長くなっていた。下半身はまだ格子の向こうに立っている。

「た、たかおんな……」

「この体になってからあたしは夜中に抜け出して楼の中を見て回っていたのさ。だけどできたのはそれだけだった。この体でなにかしようにもまったく力がでなくてね。それで思いついた。力が足りないなら、力のあるものを喰って取り込めばいいんじゃないかって」

「——だから、ガタイのいいやつを選んだ」

虎丸が言ったとおり、選ばれたのはただ体が大きかったからというだけ。

くっくと宗輔は蛇のように細い体を震わせて嗤う。

「そう。最初は太助だった。食事を運んできたあいつを隙を見て絞め殺したんだ。なにせ力がないから時間がかかったよ。だけどあいつを喰ってわかった。あたしの考えはまちがってなかったって。あたしは力を得た。こんな目くらましの廊下を作れるほどに」

宗輔は大きく口を開ける。

「次の伝八は簡単だった。あたしの作った廊下の中で、気が狂って頭をぶつけて勝手に死んでくれたんだから。新入りは追いかけて追いかけて追い詰めて……最後には大人しく喰われてくれたよ。伸吾も同じだった。あたしはもうこの楼の主人なんだよ。この楼はあたしの思い通りにするのさ」

細いからだをのけぞらせ、宗輔はゲタゲタと笑う。口は耳まで裂け、白粉の頬にヒビが入った。

「――榮楽」

ぴたっと笑いを止めて宗輔が弟を睨みつける。

「知ってるよ。おまえは親父に毒を飲ませているんだろう」

怯えすくんでいた榮楽の顔がびくりとこわばる。

「だんだん体が弱っていく毒だ。俺を閉じ込めることを承知した親父がどうなろうとかまわないが、おまえにこの楼は渡さないよ」

「お、親父のやり方はもう古いんだ。それにあんたが暴れるから閉じ込められたんじゃないか、自業自得だ！」

怯えていた榮楽だが、化け物が兄だと知って怒りが突き上げてきたらしい。ガクガクと震える膝を励まして立ち上がった。

「まだ言うか、弟の分際で！」

「おい――」

今まで黙って宗輔の言い分を聞いていた虎丸が初めて声をあげた。

「兄弟げんかに他人を巻き込むんじゃねえよ」

宗輔と榮楽がそっくり同じ目つきで虎丸を睨む。

「あの、ふたりきりの兄弟なんですよね。仲良くできないん……です……か……」

晴亮も小声で言ってみたが、視線を移されて声は消えた。

「俺を十年も閉じ込めていたやつが弟なものか！」

宗輔が罵った。

「陰陽師！　こいつを殺せ！」

榮楽がわめく。

「あなたのお兄さんですよ⁉」

晴亮は二人に交互に視線を向け叫んだ。こんなにもよく似た顔の兄弟なのに、二人は互いを敵だと思っているのだ。

「兄貴なんかじゃない！　これはただの化け物だ！　頭のおかしい化け物だ！」

「榮楽ぅぅうううぅっ！」

宗輔が下半身はそのままに、上半身だけぐうっと伸ばして弟に摑みかかる。榮楽もその体を摑んで首を絞めた。

「虎丸さん、止めてください！」

「兄弟げんかだろ」

「そんなのんきなことを言ってる場合じゃないですよ！」

首を絞められた宗輔は胴体をぐるぐると弟に巻きつけ締め上げた。二人とも顔を真っ赤にし、どちらが先に死んでもおかしくない。

「兄貴のほうは姿も変わってるし人を四人も殺めているからもうどうしようもねえな。そっちは殺すぞ」

「え、でも……」

「あいつは戻れねえよ」

虎丸は吐き捨てると絡み合っている二人に駆け寄った。

太刀は妓楼に入るときに預けてある。だが、なにかあったときのために、矢じりを懐に忍ばせていた。それを拳の中に握り込み、宗輔の背後から首の上、延髄めがけて叩き込む。

「ぎゃあっ！」

宗輔は悲鳴を上げてのけぞった。締め付ける力が緩み、榮楽がどおっと床に倒れる。

「ハル！」

虎丸の声に晴亮は符を放った。それはくねる宗輔の額に貼り付き動きを止める。

「閉じ込められて気の毒だったとは思うがな」

虎丸は宗輔の体を押さえつけると、もう一つの矢じりをきらめかせた。

「だからってなんの罪もねえ人間を殺しちゃならねえ」

宗輔の血走った目が虎丸を睨みつける。

「お前に何がわかる！」

「やっちゃいけねえことはわかる。そしてやってしまったなら責任をとらなきゃな」

「やめろやめろやめてくれ……」

「眠れ、おまえの作ったまやかしの中で」

虎丸は符が貼りついた宗輔の額に、矢じりを力いっぱい突き入れた。

「ぎゃあああああ――っ！」

悲鳴が空間をビリビリと震わせる。

虎丸の体の下でバタバタと宗輔の長い体がのたうった。その動きはやがて緩慢なものになり、――そして止まった。そのとたん、みるみる宗輔の体が縮んでゆく。そして腰から下は格子の向こうに、上は格子のこちら側にある奇妙な死体だけが残った。

「ハル、榮楽を」

「は、はい」

晴亮は床に倒れている榮楽に駆けより、その体を抱き起こした。

「榮楽さん！　榮楽さん――」

だが。

「……死んでる」

榮楽は口から血と泡を吹き、白目を剝いて死んでいた。宗輔から解放されたときに、すでに体の中身は粉砕されていたのだ。

終

　そのあと晴亮と虎丸は格子を開けて外へ出た。榮楽の帰りを心配していた女房は、変わり果てた夫の姿に泣き崩れた。

　若い衆たちはまるで格子に串刺しになっているかのような宗輔の死体に怯え、誰も近寄ることができなかった。

　病で臥せっていたという主人の榮輔は、若い衆に呼ばれて駆けつけた。足取りはしゃっきりとし、とても榮楽が言ったように余命幾ばくもないようには見えない。榮輔は無残な兄弟の死体を見て呆然としていた。

　吉原で起こった事件は面番所と呼ばれる同心や岡っ引きが詰める役所に届けることになっている。だが、このあまりにも奇っ怪な事件はとうてい説明できないと、内々で処理することになった。

　主人代理の榮楽は事故死、長男宗輔は肺病で亡くなった——。それが榮輔の出した結論だった。

　四人の若い衆の髑髏は集められて、身内のあるものには返し、ないものは西方寺に葬られた。

「このたびは本当に……なんと言ったらいいか」

白髪頭の榮輔は青白い顔で晴亮に頭を下げた。

「まさか宗輔が……化け物になっていたとは」

「あの、宗輔さんがおっしゃっていたのですが、榮楽さんがご主人に毒を飲ませていたと」

「ああ」

榮輔はしわ深い頬に乾いた笑みを浮かべた。

「それは存じておりました。薬と称して私に飲ませていたんですよ。もっともこちらは全て捨てておりましたが。けれどばれると別な手を使うと思って仮病を決め込んでいたんです。体調が悪いのは本当ですしね」

「そう、なんですか？」

「榮楽は私が邪魔だったんでしょうな。私は榮楽に見世を任せてもよいと思っていたのですが、隠居だけでは満足しなかったようです」

榮輔はぐっと背筋を伸ばして晴亮と虎丸を見た。白目の多い、小さな黒目のそれは兄弟によく似ていた。

「年はとってもむざむざと子供に殺されるわけには参りません。親をないがしろにする罪を、思い知ったことでしょう」

煙草のヤニで黄色くなった歯をむき出して、榮輔は嗤った。息子が二人も死んでいる上でのその笑みは、ひどく邪悪で晴亮は背筋が寒くなる思いだった。

もしかして榮輔はこうなることを予想して明継に文を寄越したのではないだろうか。見世に寄生する長男、自分を謀ろうとする次男をまとめて始末するために……。

朝日に照らされる吉原の大門。そこを暗い気持ちで出た晴亮の背を、虎丸が軽く叩く。

「くよくよすんなよ。あの二人は二人ともに自業自得のようなもんだ」

「それでも兄弟ですよ、家族なんですよ、あの人たちは……。やりきれない」

「みんながみんな、おまえの家のように仲良しこよしってわけじゃねえ。家族って枠を押し付けんな」

「私は……そんなつもりでは」

「それより、これを見ろよ」

虎丸は晴亮の目の前に自分の手を広げた。

「なんです？」

「これだ」

虎丸は人差し指に白い糸を巻いていた。日差しにきらきらと銀色に輝いている。

「これは――髪？」

「そうだ。宗輔の首に巻き付いていた。白い髪――」

ドキリと心臓がすくみあがる。白い髪を持った美しい顔が脳裏をよぎった。

「まさか！」

虎丸は髪の端を持って伸ばし、朝日に晒す。見つめる顔にはふてぶてしい笑みがのぼっていた。

「いくら格子から出たいと首を伸ばしてたって、ただの人間がそう都合良く妖怪になんてならねえよなぁ」

「……霞童子の仕業、ですか」

晴亮はこわごわと囁いた。虎丸は髪をぶつりと引きちぎると、風に捨てた。

「やつの蒔いておいた種か、それとも新たに動き出したか」

吉原へと下りる衣紋坂のてっぺん、帰る客が名残を惜しみ振り返る場所に立つ見返り柳の前で、虎丸は晴亮の肩をぎゅっと握った。

「これから先も油断できねえぞ、ハル」

「はい」

朝焼けの光の中に薄く雲がたなびいている。日本堤に立つと、北には遊女が葬られる浄閑寺の屋根、東には隅田川、西には根岸の田畑が広がっている。美しくのどかなこの風景のどこかで、鬼がひっそりと牙を研いでいるのだ。
晴亮は着物の上から自分の符に手を押し当てた。
これから先は、この符と、虎丸と、一緒に戦うのだ。
隅田川の方からか、吉原からか、桜の花びらがふわりと目の前をよぎった。
「春はあけぼの……」
虎丸が謡う。のんびりとした歩調で歩きだした。
この穏やかで美しい日々を守るために、鬼の跋扈する世にしないために。
相棒と一緒に戦うのだと、晴亮は朝日に向かう虎丸の背を追いかけた。

第三話　鬼火の宴

序

「もう！　虎丸の馬鹿馬鹿馬鹿！　おまえなんか出て行け！」

「なんだよ、こんなことくらいで腹立てやがって！　それでも男か！」

伊惟と虎丸がまた喧嘩をしている。

原因は大体虎丸が伊惟を怒らせるためなのだが、喧嘩を始めると虎丸には大人の余裕というものがなくなり、まるっきり子供同士の口喧嘩になってしまう。

がらんとした屋敷に響きわたる声を聞いて、晴亮はよっこらしょ、と立ち上がった。

「いったいどうしたの」

晴亮は二人がわめいている台所に顔を出した。

「師匠！　ひどいんですよ、虎丸ってば、私が大切にとっておいた石井屋の芋饅頭を食べてしまったんです！」

石井屋の芋饅頭はすぐに売り切れることで有名で、先日伊惟が半刻も並んで買った代物だ。全部で十二個買ってきて、三人で分けて一人四個。晴亮たちはもう全部食べてしまったが、伊惟はまだとっておいていたらしい。

「あんなもの、一日ごとに味が落ちるじゃねえか。三日も前のものが棚にあれば、もう喰わないだろうって思うだろ！」

「一言聞けよ！　そしたらあんたの前で喰ってやったから！」

「あーあー、ごちそうさまでしたー」

「このやろう！」

伊惟はそっぽを向いた虎丸の背中をぽかぽか殴った。全然効いていないと見るや、足ですねを蹴りつける。だが虎丸はびくともしない。

「伊惟、やめなさい。石井屋さんにはもう一度行けばいい。そうだね、今度は十一個買っておいで」

「十一個？」

伊惟と虎丸がきょとんとする。

「伊惟と私が四個、虎丸は三個だよ」

「おいちょっと待て！」

喜び勇んで伊惟が石井屋に出かけると、虎丸は見送る晴亮の背に話しかけた。

「あいつはなんだってあんなにしわいんだよ。昨日だって俺が飯を食い過ぎるって怒ってたんだぜ」

食い物の恨みは恐ろしい。虎丸が伊惟の饅頭を食べたのも、昨日のことを根に持っていたからなのか。

「伊惟は貧しかったから……お金がないことを恐れているんですよ。米びつが空になりそうになると泣き出しますからね」

「俺だって検非違使（けびいし）になる前まで、金はなかったぞ」

虎丸はふんぞり返って言った。貧乏なことを誇られても、と晴亮は苦笑する。

「そもそもなんでおまえは伊惟を養っているんだ？　縁戚（えんせき）かなにかなのか？」

「そうじゃありません。伊惟は……」

二人の兄にも話していなかったが、虎丸には話していいかもしれない。晴亮は虎丸を庭の見える縁側に誘った。

庭には藤棚があり、むせるような甘い香りが漂っている。

「伊惟は私が拾ったんですよ」

晴亮は縁台に座ると話し始めた。

一

四年前のことだ。

父が死に、葬儀を行った後長兄の亮仁が弟たちを前に寒月家の今後の話をした。

当時亮仁は天文方に扶持を得ており、上役である渋谷の家に婿に入っていた。結婚を反対した父とは絶縁状態だったし、相手の家を存続させねばならず、寒月の名を継ぐことはないと断言した。

次兄の明継も寒月を引き継ぐことをよしとしなかった。

兄たちは晴亮にどうするかと聞いた。

晴亮は陰陽道もあやかしの世界も好きだし、敷地内には鬼封じの祠など、護っていかねばならぬものが多かったので、自分が寒月を継ぐと申し出た。

二人の兄は心配して何度か諦めるように説得したが、このときだけは晴亮は我を通した。

当時はまだ父の顧客もいたので、一人暮らしならなんとかやっていけないことはないと考えていたのだ。

兄たちの援助も受けながら仕事を始めて一年ほど経った頃、晴亮は伊惟に出会った。

そのとき晴亮は長年のつきあいの商家に頼まれて、邪気祓(ばら)いに出かけていた。

今と同じような春の日暮れで、大通りを歩いて帰った。すると、店と店の間の路地から大人の男の怒鳴る声が聞こえてきた。それから何かを蹴る鈍い音。

いったんは通り過ぎた。ちらと目の端に子供の姿が見えたのを無視した。

他の大勢ゆきかう大人たちのように、面倒事に関わりたくなくて、足を速めてその路地を行き過ぎた。

しかし。

進んだ足はやがて止まり、次には反転して戻っていた。

覗(のぞ)いた路地の奥で、商家の手代(てだい)らしき青年が幼い子供を足蹴にしていた。

「あの！」

晴亮は震える声を精一杯張り上げた。

「なにをしてるんですか、そんな子供に」

「ああ？」

手代は噛(か)みつきそうな獰猛(どうもう)な顔で振り向いた。

「こいつがうちから干物を盗みやがったんだよ！」

商家は昆布や干し魚などを扱っている乾物屋だった。うずくまった子供の背中は青年に踏みつけられ泥だらけになっている。

「こいつぁ盗人(ぬすっと)だ。番所に突き出したっていいんだぜ！」

　手代はまた子供を足で蹴った。

「待ってください、その干物、私が買います！　だからもうやめてください！」

　子供が盗んだのは藁(わら)でくくられた小イワシだった。晴亮が相手の言い値を払うと、手代はぶつぶつと文句を言いながら路地から出ていった。

「大丈夫かい？」

　晴亮はしゃがんで子供の背に手を当てた。

「痛むところはない？　お医者にいこう」

　子供は顔をあげた。泥だか埃(ほこり)だか垢(あか)だかわからないものが顔にこびりつき、それは乾いてひび割れていた。髪は伸び放題で、着ている物は着物の形をしているというだけで、穴や破れのあるひどいものだった。

「ううっ！」

　子供は獣のような唸(うな)り声をあげると、晴亮の手にある干しイワシを奪い取った。それをガツガツと食い始める。

　晴亮は呆然(ぼうぜん)とその子供を見ていた。

　寒月を継ぐときまで晴亮はほとんど外へ出ない子供だった。七つ上の明継と遊んだり、裏の林で一人で遊んだりしていた。

近所に同じ年くらいの子供もいたが、その子たちは「むくどり御殿」を恐がって遊びに誘ってはくれなかった。

ある意味、晴亮は家に守られてきたと言っていい。

だからこの子供のように、貧しい身なりで飢えている子供というのを見たのは初めてだったのだ。

小さな全身から溢(あふ)れる生への執着に、圧倒されていたのかもしれない。

魚を食べてしまうと子供は晴亮を睨(にら)むように見た。

「……あんた、ばかだな」

子供がそう怒った声で言う。

「あいつ、みせのばいのおかね、ふっかけてきたぞ」

「え?」

「はらいすぎだってゆってんだ」

目の前の子供は体の大きさから四、五歳くらいだと思った。なのに大人のような口をきく。晴亮は、しかしそれより子供が店頭の値札を読んでいたことに驚いた。

「数がわかるのかい?」

「そのくらい、わからあ」

「そうか。でもかまわないよ、君を助けられたからね」

そう言って笑うと、子供は驚いた顔で目をぱちぱちさせた。

「じゃあね、盗みはもう止めた方がいいよ」

そう言って晴亮は子供と別れた。そのつもりだった。

だが、子供は晴亮のあとをついてきた。

振り向くと立ち止まる。歩くとついてくる。どうしようと思っているうちに自宅に着いた。

大きさだけはある屋敷に子供は驚いたようだった。

しかし、晴亮が門を開けて玄関に向かうと、その門が閉まる前にするりと入り込んできた。玄関の前で振り向いて、晴亮は困った顔で言った。

「ごめんね、家にあげることはできないよ」

「……おやしき、もんばんいないの？」

「いないよ」

晴亮は玄関を開けた。草履を脱いで框（かまち）にあがると、子供も玄関の中に入ってきた。

「げなんはいないの？　じょちゅうは？　しようにんは？　おかみさんは？」

立て続けの質問に、晴亮は笑い出した。

「下男も女中も使用人もいないし、お嫁さんはまだ早いね」

「こんなにおおきなおやしきなのに？」

「大きいけどね、大きいだけで古いし貧乏なんだよ」

「びんぼう」

　子供は驚いたようだった。

「びんぼうなのに、どうしておいらをたすけたの」

「それは――」

　どうしてなのか晴亮にもわからなかった。ただ子供が痛い目に遭っていることが我慢できなかったのだ。

「と、とにかくうちでは君の面倒をみることはできないんだ。おうちにお帰り」

　子供はなにか言おうと口を開けたが、声は出さなかった。しばらくうつむいて自分の汚れたつま先を見ていたが、やがてくるりと背を向けると玄関から出て行った。

　晴亮はほっとした。

　つい助けてしまったが、正直そのあとのことは考えていなかった。懐かれて今後も食べ物や小銭をたかられても困る。

　冷たくしてしまったが、これで子供は家へ帰るだろう。……家？

　どきりとした。

　子供にあんな着物を着せて平気な家？　そもそも家があるのだろうか？　なにか言いかけた顔をしたけど、それを訴えたかったのだろうか。

だが晴亮は首を振った。もう自分にできることはなにもない。薄情だとは思うがこれが世の常だ。

その日の夕刻、部屋で父の資料を書き写していた晴亮は、いい匂いに鼻をひくつかせた。味噌汁の匂いだ。

不審に思って台所に行き、驚いた。

あの子供が台所で料理をしていたのだ。

確かに勝手口に心張り棒をかけていなかったから、玄関から庭を通ってこちらに出ることはできる。だから誰でも台所にはいれるのだが。

土鍋で白米もくつくつと炊き上がっていた。

子供はどこからか持ってきた大きな石の上に乗って、危なっかしい手つきでゆであがった菜の花を切っていた。

「な、なにをしているんだ」

「なのはなのおしたしをつくってる」

危なっかしいが、きちんと均等に菜の花を切る。それをぎゅっとしぼって慣れた手つきで小鉢に盛った。

「ごはんはどこでくうの？　はこぶからおしえて」

「ご飯は部屋で……、い、いや、そうじゃなくて」

「こめびつにおこめすくなかったよ。あしたかってくる？」

「いや、あの、」

「みそしるのぐ、にわのはたけから、すずしろのはっぱとってきたけどいいよね？」

「あ、うん」

子供は脚つきのお膳に味噌汁椀とおひたしの皿を載せ、さらにご飯茶碗と箸も載せた。

「はい」

渡されて、晴亮は思わず受け取る。

「こんなのしかつくれなくてごめん」

「……えっと」

誰かに作ってもらったご飯。

兄たちが家を出てから自分一人で家事をしてきた。あまり得意ではないので近所で惣菜を買ってくることの方が多く、味噌汁さえも面倒がって作ってはいなかった。急に腹がすいてくる。

「どうしてこんな……」

「たすけてもらったおれい」

子供はそう言ってうつむいた。

「そんで……ちょこっとだけまんまもらっていい？」

こんなことをしていないで米を持って逃げることだってできたのだ。けれど彼はそうしなかった。

「お膳、もう一台出してお茶碗も載せて」

晴亮は子供に言った。子供が顔をぱっとあげ、きらきらした目で見つめてくる。

「一緒に部屋で食べよう」

そう言うとすぐにお膳を出して茶碗を並べ始めた。

「お膳は私が運ぶよ。土鍋としゃもじを持ってきて」

「うん！」

その日、久しぶりに誰かと一緒に食事をした。子供の作った味噌汁はかなり味が薄かったが、おひたしはいい歯触りだった。ご飯も美味しく炊けていた。

子供は茶碗に顔を埋めるようにして、がつがつとご飯を口に運んでいる。

「君の名前は？」

「しンねえ」

「え？」

「いつもおいとかおまえってよばれてたから」

子供は元々商家の子だったが、幼児の頃店に押し込みが入り、両親を殺されてしまった。そのあと、父親の弟という叔父に引き取られた。

だが、叔父からは名も呼ばれず使用人のように扱われ、殴られたり蹴られたりするので春先に逃げ出したのだという。

その後は町をうろついて、お貰いをしたり、小さな手伝いをしたりして小銭を稼ぎ、時には盗みや賽銭泥棒をしたという。

年を聞くと六つだという。年齢より小さな体は充分に食べていなかったからだろう。

「もとのなまえ、わからねェンだ」

子供はご飯を口いっぱいに詰め込んで言った。

「じゃあ、君は叔父さんの家にはもう帰らないのかい？」

「かえったらころされるもん」

「それは……」

子供は箸と茶碗をお膳に置くと、うつむいた。

「だいじょぶ。まんまたべたらでてくから。ごちそうさま」

「………」

こんな小さな子をただ追い出していいのだろうか？　親も家もないこの子を一人路頭にまよわせて。

中途半端に手を差し伸べて、助けたという自己満足に浸って、そのあと知らんぷりしてもいいのだろうか？

「……朝ご飯と晩ご飯、それに家の掃除……頼むことはできるかな」

晴亮は膝に手を置いて目の前の子供に言った。ぱっと期待に満ちた視線が向けられる。

「お給金は少ないけどあげられると思う。あと、ご飯は好きなだけ食べて。着物もお布団も、部屋も用意しよう、それから」

晴亮は立ち上がると自分の文机に向かい、紙にさらさらと墨で文字を書いた。

それを持って子供の前に座る。

「どうかな、いいって読むんだ。この字には――と言って晴亮は「伊」を指さす――これという意味、こっちには――「惟」という字を指す――よく考えるという意味があるんだよ。それに『いい』というのは君の大好きなご飯の飯にも通じる。伊惟――君の名前だ」

子供は広げられた紙に描かれた名前に目を瞠った。

「こんなりっぱななまえ……」

「気に入ってくれた？　伊惟」

その途端、子供の――伊惟の目からぼろぼろと涙がこぼれ落ちた。

「もっかい、よんで」

「伊惟」

「もっかい」

「伊惟」

「うー……」

伊惟は歯を食いしばったかと思うと、次には大声を上げて泣き出した。

「うわ――ん、わーん、あー、あ――ん、あーん……」

天井を仰いで泣き続ける伊惟の頭を、晴亮はずっと撫(な)でていた。

二

「ふん」

晴亮から話を聞いた虎丸は鼻で笑った。

「だからなんだって言うんだよ。俺だってガキの頃は食うに食われず、蛇だって鼠だって食った。そのへんの犬と同じだ。言えねえようなことだって……」

そこまで言って言葉を呑(の)み込む。

「虎丸？」

「……なんでもねえ」

虎丸は首を振ると、ぱっと笑顔を作った。妙に引きつった顔で違和感を覚える。

「それより俺は裏で薪でも割っているよ。そろそろ少なくなってきたと伊惟が言ってたからな」

虎丸は縁台から立ち上がるとのしのしと勝手口に向かった。日が雲に入り辺りが陰る。その影の中に虎丸の硬い笑顔がいつまでも残っているような気がした。

隅田川の桜も葉桜が多くなった頃だ。土手も川も舞い散った花びらで真っ白になっている。

晴亮と虎丸は古天堂へ先日退治した物の怪の名残を持って行った。本体は退治したときに散ってしまって、残ったのは右脚だけだった。これはバッタに似た虫のあやかしで、人と同じくらいの大きさがあった。

主人が布団をかぶって出てこない、布団を剝がそうとしたら大きな虫の脚が見えたと家のものから連絡があって駆けつけた。

符で取り囲んだあと、虎丸が太刀で息の根をしとめ、そのあと床下を捜すと息も絶え絶えの主人が見つかったのだ。

どうやら物の怪は主人に成り代わろうとしていたらしい。

今回は間に合ったが、こんなふうに物の怪が人に変わっていることが他にもあるかもしれない。

「今回の物の怪は手応えがなかったなあ」

虎丸が不満げに呻いた。飛びかかってはきたが、虎丸の刀の一振りであっけなく倒れてしまったのだ。湯を沸かすほどの時間もかからなかった。

「まあ、誰も怪我もなく、ご主人も見つかってめでたしめでたしですよ」

晴亮がなだめるように言っても、虎丸の不満顔は消えない。

「今回も霞の仕業かな？」

虎丸は地面の花びらを乱暴に蹴散らしながら呟いた。

「証拠は見つけられませんでしたが他に考えようがありません」

「あの野郎、見境なくなってきたな……」

逆に考えればそれだけ敵に余裕がなくなってきたということだろう。虎丸に敗れて今は力をたくわえている最中なのかもしれない。

「人をあやかしに変えて、いったい何を企んでいるんでしょうか？」

「決まっている。あやかしを増やして配下にし、もう一度鬼の世を、大江山を復活させる気だ」

「大江山を復活……」

大江山は霞童子や酒呑童子が棲んでいた鬼の本拠地だ。それを復活？

晴亮は対岸に目を向けた。ずらりと並んだ桜のために、空も淡く染まっているようだ。こんな穏やかな風景を鬼の世に戻そうと本気で思っているのだろうか。

「一番の狙いは酒呑童子の復活だろうがな。あやかしが増えれば酒呑が戻ってくるなんて馬鹿げた夢を持っているんだろうよ」

「本当に戻ってくるんでしょうか？」

「死人は還らない」

虎丸はびしりとむち打つように鋭く言った。

「酒呑が人でなくても、命であることは確かだ。一度失った命が蘇ることなんてない」

「しかし仏教では輪廻転生の教えがあります。酒呑童子が生まれ変わってこの世に復活することも……」

「坊主を山ほど殺してきたやつが、そこだけ都合良く仏教にすがるかよ」

はっと虎丸は嗤う。

「霞童子はなぜそこまで酒呑童子にこだわるんでしょうか」

「さあな。やつらの関係はわからねえ。あいつは大江山の四天王にも入っていなかった。討伐間近になって五人目がいるらしいとわかって俺が組み込まれたんだからな」

「ということは比較的新しい配下だったということですか」

晴亮の言葉に虎丸は空を仰いで「う～ん」と声をあげた。

「そういえばそうかもしれねえな……今までちゃんと考えたことはねえが」

古天堂へ行き、虫の脚を渡す。主人の治平は物の怪退治の話は楽しそうに聞いていたが、脚の買い取り価格は低かった。

「今度は全身でお願いします」

柔和な笑顔でそう言われても、死体が残るか残らないかは運次第というところがあった。あるいは全身が残っていてもただの干からびた獣の死体になることもある。

「まあ陰陽師の仕事でも食べていけるようになりましたから、古天堂さんに売る分はおまけということで」

不満そうな虎丸を店から連れ出し、晴亮は帰宅の途についた。

途中、花を売っている女がいたので、小ぶりの白牡丹を数本買った。

「どうするんだ。それ」

「ああ、母上の墓に供えようかと。今日が月命日だから」

両親の墓は屋敷の敷地内にある。月の命日に花を供えるのは幼い頃から晴亮の仕事だった。

母の顔も覚えていないが、物心ついたときからそうしていたと思う。花が買えないときは裏の林に入って花を摘んでいた。

「俺もついていっていいか？」

虎丸が神妙な顔で聞いてくる。なんだかその顔がおかしくて、晴亮は牡丹で顔を隠して笑った。

屋敷の門を通らず塀に沿って裏に回る。鬼封じの祠がある場所だ。祠のそばに寒月家の墓があった。御影石造りの立派な墓ではない。土まんじゅうに石が載せられただけの質素な墓だ。その墓の前に先客がいた。

伊惟だ。

跪いて両手をあわせ、頭を垂れている。墓前には野で摘んできたらしい小さなすみれの花が置かれていた。

「伊惟」

声をかけるとびくりと肩を震わせて振り向く。

「先をこされたね」

「師匠……」

晴亮は持っていた牡丹をすみれの横に置き、伊惟の隣にしゃがんだ。

「いつもありがとう」

「いいえ、私は師匠の母上に申し訳ないことをしましたから」

「母上は気にしてないと思うよ」

晴亮が微笑んで言うと、伊惟は黙って立ち上がった。後ろにいた虎丸に目線を向け、睨むかと思ったがそのままそらした。

「晩ご飯の支度をしてきます」

「うん、頼むね」

駆けてゆく小さな背中を見送り、虎丸は祈っている晴亮に視線を戻した。

「伊惟が言ってたのはなんだ？」

「なんだって？」

「母親に悪いことをしたって。おまえの母はとうに亡くなっているんだろ」

「ああ……」

晴亮は立ち上がり、膝の前を払った。

「また伊惟の昔話になるけど、いいのかな？」

「かまわねえよ」

「でも虎丸は伊惟の昔の話が嫌いなんじゃないの？」

「別に、そんなことは……」

虎丸は唇を尖らせたり引っ込めたり、うろうろと視線をさまよわせた。

「もし伊惟が知られたくないと思ってんなら聞かねえよ」

やがて虎丸はそう言った。晴亮は軽く息をつくと、

「伊惟はかまわないと思うよ、この件じゃ私も伊惟にすまないことをしたから……そうだな、私の懺悔だと思って聞いてくれるかい」

晴亮は視線を牡丹に向けた。白い牡丹の花びらは芯の部分が少し紅く染まっている。そう、あのときの着物の柄のように。

※

伊惟は食事の支度から掃除まで、いろいろと働いてくれた。屋敷は部屋数だけは多いので、掃除が大変だから使う部屋だけでいいといったが、十日ごとに使っていない部屋も拭き掃除をしてくれる。

葉っぱが積もっていた門や玄関の前もきれいにして、穴の開いていた障子の張り替えも朝飯前だ。

さすがに薪割りはできないが、その代わり裏の林で落ちている枝を拾い集め、乾燥させて薪代わりにした。

そういうことは全部叔父の家でさせられていたことだという。どれだけ幼い頃からこき使われていたのか、コマネズミのように働く伊惟を見ると胸が痛んだ。

伊惟はそんな晴亮に、「仕事はつらくない」と答えた。

「前は朝から晩まで文句を言われたり叱られたりしてやっていた。ご飯もまともにもらえなかった。でもここではおいらの好きに働いていいし、ちゃんとご飯ももらえる。すごく嬉しい」

伊惟の仕事は合理的で無駄がなかった。叔父の家では仕事をしている最中に、家人の思いつきで別なことを命じられることがよくあった。二度手間だったり要領を得ないこともあったり、それで仕事が遅れて叱られたと言う。

「晴亮さまはおいらの仕事になにもいわないから、楽だ」

この頃は伊惟はまだ晴亮さまと呼んでいた。言葉も一月ばかりでずいぶん流暢になり、合間を見て文字の読み書きも教えているが覚えも早い。

伊惟はまた人の呼吸を計ることも得意で、晴亮が研究用に資料の整理をしたり、書き物をしたりしているとき、邪魔にならない頃合いで茶を出したり声をかけたりしてくれる。

これもまた、幼い頃より人の顔色を窺って生きてきたことで得た知恵なのだろう。

伊惟が来てくれて助かったと晴亮は思っていた。

しかし、そのうち気づいた。

家の中のものが少しずつなくなっている。

使っていない徳利、放置していた文箱、父親が使っていた煙管。

（伊惟が持ち出している？）

面と向かって聞けばいいのに、晴亮はそれができなかった。

（どうして？　給金が少ないのか？）

そう思って少し給金を上げた。しかし、それからも時々ものはなくなる。

（伊惟はここにいるのが不満なのだろうか）

（どうやって聞いたらいいのだろう）

明日聞こう、あさって聞こうと思っているうちにその事件は起きた。伊惟が晴亮の母親の着物を持ち出したのだ。

買い物に行くと言って出て行った伊惟が風呂敷包みを抱えていた。その風呂敷は母の箪笥に入っていたものだった。いそいで箪笥の引き出しを開けてみると、牡丹の柄の着物が消えていた。

「伊惟……それはだめだ！」

母の記憶の無い晴亮にとって、着物は母親そのものだった。焚きしめられた香、華やかな柄、絹織物のすべらかな手触り。

晴亮は走って伊惟の後を追った。着物を金に換えるなら古道具屋か質屋。しかし質屋は子供の伊惟を相手にしないだろう……。

店が列なる通りまで追いかけると、伊惟が思ったとおり古道具屋に入っていくのが見えた。

店に飛び込むと、ちょうど古道具屋の主人が着物を広げているところだった。

「……すみません、それは……売りませんっ！」

晴亮は息を切らしながら言った。振り向いた伊惟は驚きと怯えと諦めの混じった顔をしていた。

着物を元通り風呂敷に包み、店から出ると伊惟がのろのろとついてくる。

途中で足を止めてしまったので、振り返って言った。

「伊惟、今日の晩ご飯はなに？」

伊惟は晴亮を見た。大きな目に涙が浮かんでいた。

「……ごめんなさい」

「うん」

晴亮は伊惟のそばまで戻って、目の高さまでしゃがむとその頭に手を置いた。

「悪いことしたとわかってる？」

「はい……」

「だったら大丈夫だよ」

「かんにんしてくれる？」

幼い子供に戻ったように、伊惟は小さな声で言った。

「うん。許すよ伊惟」

伊惟の目が明るく輝く。涙がぽろりと丸い頬を流れた。晴亮は伊惟と並んで家に戻った……。

※

「それが、母親に悪いことをしたって話か」

「そうだね」

「おまえは許したのか」

「うん……」

「甘ちゃんだな」

「私もね、他人と暮らすのは初めてだったから、どうすればいいのかわからなかったんですよ」

「だけどおまえが懺悔したいという話じゃないだろ」

「はい。この話には続きがあるんです」

※

その後も伊惟は熱心に働いた。しかし、盗みがなくなることはなかった。

気がつけば母親の着物を持ち出している。

晴亮はそのたびに古道具屋に走り、間に合えば止めて、売られてしまえば買い戻した。

「ごめんなさい」

伊惟は泣きながら謝る。晴亮は毎回許した。

そんなことが続き、晴亮は思った。

(伊惟は私を試しているのではないか?)

どこまでやれば自分が怒るのか、伊惟を見捨てるのか。

放り出されることを恐れているのに、なぜ賭(か)けるような真似をするのか。

伊惟は基本的に人を信じていないのかもしれない。

両親は押し込みに殺され、血の繋(つな)がった叔父一家からは家畜のように扱われ、殴られ、飢えさせられ、この世にいながら地獄のような日々を送ったことだろう。

いつ裏切られるかわからない。だったら先に今の幸せを手放したい——。

聞いたことはなかったからあくまでも晴亮の想像だ。しかし、だとしたら私は伊惟を許そう。なにをしても許そう。伊惟が安心して私を信頼してくれるときまで……。

そして少しずつ、伊惟がものを持ち出す回数は減り、目が合ったとき笑い合うようになり、おしゃべりも増えて懐いてくれたと思っていた。

そう思っていたのに。

「あんたのところのガキがうちの店から筆を盗んだんだよ！」

ある日、いきなり商家の主人が怒鳴り込んできた。右手に伊惟をまるで犬の仔のようにぶらさげている。

伊惟と暮らし始めて半年ばかり、季節は夏になっていた。

「ど、どういうことですか」

飛び出してきた晴亮は店主を見て、伊惟を見た。伊惟は口をぎゅっと結んで晴亮を睨んでいる。

「こいつがうちの前を行ったり来たりしてて怪しいなと思ってたら、案の定だよ！　うちで一番の高価な筆が無くなってた！　こいつが盗んだんだ！」

主人は筆墨硯紙を扱っている店の主人だという。ここまで怒りながらやってきたのだろう、真っ赤な顔に汗がだらだらと流れている。

「そんな……まさか。この子が盗んだっていう証拠があるんですか！」

店主が言うには昼過ぎに何度か伊惟の姿を見かけたそうだ。店先から覗き込んで中の筆をじろじろ見ていたと言う。

夏の暑い時季だ。店の戸は閉めずに開けっぱなしになっている。通りすがりの人間が店内を覗き込むことも多いから気にはしなかった。ただ、客にしては子供すぎる、と不審に思った。

その子供が店に入ってきた。筆を熱心に見ている。そのとき店主は常連客の相手をしていて伊惟に声をかけることができなかった。

伊惟は結局何も買わずに出て行ったが、あとから棚の品を確認すると一本なくなっていたのだという。

「あわてて外に出て通りを捜していたらまだその辺りにいたからとっ捕まえたんだ！八百屋がこいつはむくどり御殿の小僧だっていうからひきずってきたんだよ！」

「伊惟……」

晴亮は框を下りて、そっぽを向いている伊惟の前に立った。

「ご主人が言っていることは本当なの？」

「おいら、しらねえ」

「こいつぁずっとこの調子なんだ、知らねえ知らねえって強情っぱりめ！　あんた、こいつの雇い主なんだろ、どういうしつけをしてるんだい！」

　店主は大声で晴亮を怒鳴りつけた。父が亡くなってから年配の男性に怒鳴られたのは久しぶりで、その勢いに晴亮は怯えた。もともと大きな声も暴力も苦手で、できるだけ避けて生きてきたのだ。

「す、すみません……」

　勢いに押されてつい謝ってしまう。そんな晴亮に筆墨屋の主人はさらに調子づいた。

「どうしてくれるんだい！　筆はどこへやったんだい！　まさかあんたの手元にあるんじゃないだろうね」

「あ、ありませんよ！」

「じゃあどこだ！」

「そ、それは……」

　晴亮は伊惟を見た。少年は目に口をへの字にして黙り込んでいる。その様子がふてぶてしくも見えた。

「……伊惟、筆はどこにあるの？」

　そう聞くとはっとした顔で晴亮を見た。

「おいらが……盗ったって……？」

　憤りよりは驚きのまなざしに、晴亮は口を押さえた。

そんなことを思っていたわけではない、つい言葉が出てしまっただけだ。筆墨屋の主人の大声が怖くて矛先を向けてしまったのだ。

「ち、ちがう。そんなこと思ってないけど」

「じゃあどうして聞くんだよ!」

「筆を返せ!」

筆墨屋の主人が頭ごなしに怒鳴った。伊惟はぶんぶんと顔を振る。

「だから! しらねえって!」

晴亮は店主の顔の前に自分の体を割り込ませた。

「伊惟、なぜ筆墨屋さんに行ったんだい?」

「……しらねえ」

「知らないってことはないだろう? 自分で行ったんだから」

「………………」

伊惟は肩に乗った晴亮の腕を振り払った。

「もういいよ! あんたもおいらが盗ったっておもってんだ! おいらじゃないのに! おいら、本当になにもしらねえんだ!」

そう叫ぶと自分の襟首を摑んでいる店屋の主人の腕に嚙みついた。店主が悲鳴を上げて手を放す。その機を逃さず、伊惟は兎のように跳ねて逃げ出した。

「伊惟！」

追おうとした晴亮を店主が捕まえる。

「筆の代金を払ってくれ！」

「伊惟が盗んだとは決まってないでしょう⁉」

「あいつの他にはだれも……！」

言いかけて店主は声を呑んだ。うろたえが一瞬その面をよぎる。

「──他にだれかいたんですね」

「いや、しかし、あれはちゃんとしたお武家の坊ちゃんで」

「伊惟の身なりが貧しいから疑ったんですか！　伊惟は筆を持ってなかったんでしょう？」

ううっと店主は晴亮の勢いに押されるように一歩下がった。

「あとで店に行きます。今はあの子を追わせてください！」

そう言うと、店主はやっと手を放した。晴亮はあとも見ずに走り出す。

(伊惟、ごめん！　ようやく私を信頼してくれたところだったのに。私が君を信用しなくてどうするんだ！)

三

伊惟の駆けていったあとを走り、時々人に聞くと全員がまっすぐ前を指さす。そこには横川という人工的に造られた大水路があり、行き止まりだ。

横川まで到着し、左右を見回す。伊惟の姿は見えなかった。

「伊惟！　伊惟――！」

呼んでも応えはない。川のそばで遊んでいた子供たちが寄ってきた。

「どうしたの、おにいちゃん」

「いいいーってへんなの」

晴亮は膝に手をついて子供たちを覗き込む。汗が乾いた地面にぼたぼたと落ちて吸い込まれていった。

「ここに男の子が走ってこなかったかい？　君たちより、すこし年が上の子だよ」

「そのこならむこうにいったよ」

少し年上の女の子が上流を指さした。他の子供たちも同じ方向を向いた。

「そのこ、なんかわるいことしたの？」

「違うよ」

晴亮は少し怯えているような女の子の頭を撫でた。

「私が悪いことをしたんだ」

「じゃあ、ごめんなさいしなくちゃ」

女の子がにっこりする。

「うん――そうだね」

泣きたくなった。伊惟に謝罪することができるだろうか。

晴亮は子供たちに手を振って上流に向かって走った。伊惟がこれでまた人を信用できなくなってしまったら……。

横川に沿って走ってゆくと信じられないものを見た。伊惟だ。伊惟が川の上を歩いている。

まるで地面と同じように、波紋一つ立てずに歩いていた。その伊惟の手を白い糸が引いている。糸は川の中央に向かってのびていた。

「伊惟！」

晴亮は川に飛び込んだ。人工的な用水路はいきなり深く流れが速い。夏の暑い時季でも水の中は冷たかった。

舟も行き交うような大きな川だ。足もつかないので、晴亮は必死に水を掻いて伊惟のそばへ泳ぎ着いた。

「伊惟！　伊惟、ごめん！　君は悪くない、盗んでいない！　私は信じる、信じているんだ！」

必死に呼びかけると水の上の伊惟はゆっくり晴亮を振り向いた。その目には涙はなかったが、赤く腫れ、潤んでいた。

「……いいよ、もう。どうせおいらはあんたのおっかさんの着物を盗んだ。他にもいろいろ盗んで売った。だから今度もそうだと思ってんだろ……」

「違う！　さっきのは気の迷いだ、つい言ってしまったんだ！　謝るから！」

「いいんだ……おいらもう、この世にいたくない……そしたら水の中につれてってくれるって……だからいっしょに……いくんだ」

伊惟の声がゆっくりと、とぎれとぎれになる。まるで眠りに落ちていくようだ。

「だめだ！」

晴亮は叫ぶと川の中に潜った。伊惟の手からのびていた糸が川の中に続いている。晴亮はその糸をちぎろうとしたが、縒り合わされたそれは見た目よりも強く、手では無理だった。

「！」

糸の先にいたものがごそりと動く。それは脚の長い、蜘蛛のような不気味な姿をしていた。

（川蜘蛛か！）

水底に巣を張り、岸辺で思い悩む人を川へ誘い込み、食い殺す物の怪――。

晴亮はもう一度水面へ顔を出した。

「伊惟！　伊惟！　しっかりしろ！」

伊惟の体はもう半分沈んでいた。彼の周りだけ、水が泥のように柔らかく包んでいるように見える。このまま巣まで連れ去る気か。

「寒月晴亮が命ず！　意識をこちらに留めよ、疾う疾う！」

晴亮は叫びながら符を伊惟の額に貼り付けた。その途端半分閉じかけていた伊惟の目がぱっちりと開く。同時に体がどぶりと川の中に沈んだ。

「えっ？　ええっ!?」

冷たい水に顔を洗われ、意識を取り戻した伊惟が、状況を理解できず恐慌状態になる。叫んだ口に水が大量に流れ込んだ。

「……ごほ……っ！」

「伊惟！　しっかりして」

晴亮は伊惟の体を背後から支え、顔を水の上に押し出した。

「はる……っ、あきら、さま」

「伊惟、いっては駄目だ！　私が謝れなくなるじゃないか！」

晴亮は伊惟の体を抱えて岸へ向かおうとした。だが、伊惟の手首に絡んだ糸がとれない。

ざざざ、と水の表面が逆立ってきた。獲物が沈んでこないことに苛立ったのか、川蜘蛛がその醜い姿を現した。

「きゃあっ！」

伊惟が甲高い悲鳴をあげる。しかし、川の上に姿を見せたときが好機だった。

「急急　如律令呪符退魔！」

晴亮はもう一枚の符を川蜘蛛に向かって飛ばした。必死の符は狙い過たず物の怪の体に貼り付く。物の怪は苦しげに身をよじり、バシャバシャと水を撥ね上げた。

晴亮は伊惟の手首の糸に噛みつくと、それを強引に歯で切りとった。

「泳いで、早く！」

川岸に騒ぎを聞きつけた人々が集まってくる。もだえる川蜘蛛の正体もわからぬまま、人々は石や木の枝を投げつけて追い払ってくれた。

ようやく引き上げてもらい、晴亮は肩で息をしながら地面の上にうずくまった。

普段机の前に座っているだけで鍛えていないため、走ったり泳いだり戦ったりで、一年分の体力を使った気分だった。

「兄ちゃん、大変だったたな」

「大丈夫かい。あれはフカかなんかか？」

「でかい犬にも見えたな」

　まさか物の怪とは思っていない人々が肩を叩き、手ぬぐいを貸してくれる。

「伊惟は……子供は……無事ですか」

　息も絶え絶えにそう尋ねると、

「ああ、大丈夫みたいだよ、ほら」

　指さす方を見ると濡れ鼠のような伊惟が呆然と立っていた。

「伊惟……」

　晴亮は伊惟に手を差し伸べた。

「ご、ごめんね、怖い目に遭わせて。もっと私に力があれば、川蜘蛛くらい簡単に退治できるんだけど……」

　今は相手を痺れさせたり、不快な思いをさせたりするくらいしかできない。

「伊惟」

　近寄ろうとすると、伊惟はさっと一歩下がった。その様を哀しい気持ちで見る。力が抜け、地面に手をついて顔を下げた。水を吸った着物が全身を重くする。

「ほんとうにごめん。うっかり言った言葉だから、それが本心だろうと言われたら答えようもない……」

じゃり、と音がして、地面に向けていた目をあげると、伊惟がすぐそばにきていた。

「……口から血が出てます」

伊惟がそう言って指で唇に触れると、ピリッとした痛みが走った。晴亮が顔をしかめるとあわてて手を離す。

「あ、ああ。川蜘蛛の糸を切ったときに」

そういえば口の中が金錆（かなさび）のような匂いがする。手で拭（ぬぐ）うと真っ赤に染まった。唇も歯茎も切れたのかもしれない。

「おいらなんか……助けなくてよかったのに」

伊惟は晴亮の血から目をそらして呟（つぶや）いた。

「言っただろう？　謝りたかったから」

晴亮は何度も口をぬぐって血を消し去った。

「謝る、なんて……」

「伊惟。私はこんなことで君を失いたくない。君が辛（つら）く悲しい思いをしてきた分、君を幸せにしたいと思っているのも本心なんだ。君を疑うようなことを言ってごめん。許してくれ」

晴亮はそう言って頭を下げた。伊惟の小さな素足が見えている。その足が、また少し近づいてきた。

「おいら……何度も晴亮さまの家からいろんなものを持ち出して売っぱらった……おいらが謝ると晴亮さまは許してくれたよね」

頬に温かなものが触れる。伊惟が両手で自分の顔を持ち上げているのだ。

顔を上げると目に涙を溜めた伊惟の顔があった。

「許すってことを、おいらは晴亮さまに教えてもらったんだ」

その涙が決壊してぽろぽろと大粒の雫となって、伊惟の丸い頬を伝った。

「疑われるようなことばっかしてたおいらが悪いんだ。なのに勝手に怒って……晴亮さまにこんな怪我まで負わせて……助けてもらって……」

「こんなのたいしたことないよ、大丈夫だよ」

晴亮は頬にある伊惟の手を握った。伊惟は首を振ると、涙が珠となって散ってゆく。

「名前をくれた人なのに……優しくしてくれたのに……おいら、おいら……」

わあっと伊惟は泣き出し、晴亮にしがみついた。

「ごめんなさい、晴亮さま、ごめんなさい――」

「伊惟……私のほうこそごめん……」

濡れていたが伊惟の体は温かい。それが生きている証拠だ。水の中に沈みかけた伊惟は冷たかった。心が半分死んでいたのかもしれない。

わあわあと伊惟は泣き続け、晴亮はその背中を撫で続けた。

やがて号泣はしゃくりあげに変わり、伊惟の涙も止まっていった。ずっと薄い背中を撫でていた晴亮は、伊惟がぐすぐすと洟をすすった頃、優しく微笑んで言った。

「伊惟、筆墨屋へ行こう」

伊惟がびくりと体を硬くする。

「大丈夫、真実を見極めるだけ。私は失せ物捜しが得意なんだよ」

にこりと笑うと伊惟はおずおずとうなずいた。晴亮は伊惟の手をとった。


結論から言えば、晴亮は占う必要もなかった。

筆を盗んだ武家の子供が親と一緒に店に謝りにきていたからだ。父親がこの不始末は切腹してでも、とわめくのをなんとかなだめて帰らせた。

筆墨屋の店主は晴亮と伊惟に平謝りに謝った。

お互い気の抜けた状態で、晴亮と伊惟は帰途についた。濡れた着物は夏の日差しに乾きはじめてはいたが、袴はまだ重く水を含んでいた。早く帰って着替えたかった。

「それで……どうして筆墨屋に行ったんだい？」

帰り道、晴亮が聞くと伊惟の顔がぱっと赤くなった。

「それは……その、晴亮さまに筆を……」

ごにょごにょと口の中で呟く。伊惟は貯めた給金で晴亮に筆を贈りたかったのだ。

「だって、晴亮さまの使ってる筆、もう毛先がぼろぼろじゃないですか」

「そ、そうだけど、少しずつ切って整えているんだよ、まだ大丈夫」

「だめですよ、いい符はきれいな文字じゃないと効き目が弱いんじゃないんですか？」

「それは――試したことないけど」

「とにかく、川蜘蛛くらい一発でやっつけられるような符を作ってもらわないと……師匠」

「え？」

師匠と言った？　と晴亮が伊惟の顔を覗き込む。伊惟の頬はまた赤くなっていたが、こんどは目をそらさずに笑顔を向けた。

「はい、師匠。おいらに――私に陰陽術を教えてください。少しでも師匠の力になれるように！」

「伊惟……」

晴亮は伊惟の手を摑んだ。小さな弟子の手。汗に濡れた湿っぽく熱い手。

この手はもう離さないのだと、晴亮は家に戻るまで手をつないで帰ったのだ。

※

「ふうん」

話を聞いた虎丸はそっけない声を返した。

「それで懺悔(ざんげ)か。おまえ、それほどたいしたことはしていないだろう?」

腑(ふ)に落ちないという顔をされ、晴亮は苦笑した。

「気持ちの問題だよ」

「気持ちねえ」

虎丸は首を傾げている。

「私の言葉ひとつで伊惟は死にたくなってしまった。ひどい話だ」

虎丸はそれを鼻先で笑い飛ばす。

「そんな言葉くらいで大げさな」

「虎丸にはわからないよ」

そう言うと虎丸の顔がこわばった。

「ああ、そうだな。俺にはわからねえよ。俺は実際命のやりとりをしてきたからな。言葉くらいで死ぬんだったら、もう何百回だって死んでいる!」

「と、虎丸、どうしたの?」

なぜ彼がこれほど怒っているのかわからない。今の話のどこに怒る理由があっただろうか。

いや、考えてみれば虎丸は伊惟の話を初めから気に入らなかったようだった。聞きたいと言うからには虎丸も少しは伊惟に興味を持ち、近づきになりたいのかと思ったのだが。

「ああ、いや、……すまねえ」

虎丸は肩を怒らせて立っていたが、すぐに自分の言動のおかしさに気づいたらしく、戸惑った様子で謝ってきた。

「先に……戻っている」

背を向けて屋敷に帰って行く。その背中はどこか寂しげで頼りなげだった。自分より背も高く逞しい彼に言う言葉ではないのだが、ふとあの日逃げ出した伊惟の後ろ姿を思い出させる。

（もしかしたら……虎丸はこの時代に来ていることが心の負担になっているのだろうか？）

時代が違えば風景も常識も違う。最初は物珍しさでなにもかもが新鮮だったかもしれないが、時間が経って慣れてくれば、今度は違いが気になってくるだろう。

虎丸にはこの世界に知己もいないし風習や考え方も違う。小さな違いが重なっていけば、相容れないと思い始める。

彼は戦っているときはいきいきしている。もともと武士なのだから当たり前だ。

しかし、虎丸には他にすることがない。霞は姿を現さず、種をまき散らすだけで、それに取り込まれた物の怪退治は正直虎丸には物足りないのかもしれない。

霞を退治してもとの時代に戻る。それが虎丸の願いだ。しかし、霞を消滅させても戻れるかどうかはわからない。虎丸にだってその不安はあるだろう。

（もっとちゃんと虎丸を見ていないと……）

晴亮がそう決意したその夜、事件は起こった。

四

「師匠、師匠……」

深く眠っていた晴亮の意識が呼び起こされる。とっぷりと暮れた真夜中、聞こえてくる声が伊惟のものだとわかるまでに時間がかかった。

なかなか覚醒できず、晴亮は布団の中でばたばたと手足を動かしながら、くっついていたまぶたを開けた。

「え……？　伊惟？」

「すみません、起きてください師匠」

障子の向こうから伊惟の緊迫した声が聞こえた。

「どうしたの……」

まだ半分眠っているような頭で晴亮は体を起こす。

「虎丸の部屋が——変なんです」

「……虎丸の？」

ようやく目覚めた。晴亮は布団を撥ねのけると障子を開けた。伊惟が廊下に膝をついて待っている。白い寝間着の少年は、夜の中でひときわ小さく見えた。

「どういうこと？」

「わかりません。なにか急に目が覚めたんです。そしたら声が……すごく苦しそうな虎丸の声が聞こえてきて。廊下に出てみたら、部屋が、その……」

伊惟は言葉を切って晴亮の手を摑んだ。

「とにかく見てください」

虎丸の部屋は伊惟の隣にある。部屋数だけは無駄にある屋敷なので二人ともそれぞれの部屋を与えられていた。

伊惟は晴亮の手をぐいぐいと引っ張って廊下を進んだ。

「ほら——」

伊惟が足を止めて晴亮を振り仰ぐ。晴亮にももうわかった。虎丸の部屋の障子の中に青白い光が見える。

その光は大きくなったり小さくなったりしていた。行灯の灯りではない。上下左右、自在に動く火が行灯であるはずがない。

「師匠、あれはなんの光ですか」

伊惟が震える声で聞いた。

「わからない……だけどあの部屋に虎丸がいるんだよね」

「はい、さっきまで声が聞こえていました……あ、ほら」

確かに虎丸のうめき声が聞こえる。まさか物の怪がいるのか？

「虎丸！」

「あっ、師匠！」

晴亮は伊惟の制止を振り切って虎丸の部屋の障子を開けた。

そこで見たのは布団の上で苦しむ虎丸と、周りを取り囲む青白い炎だった。炎はゆっくりと上下に、あるいはゆらゆらと左右に動いている。

「虎丸！　虎丸！」

晴亮が飛び込むと炎はすうっとその体を避け、天井へと上がる。虎丸は嫌がる子供のように、右に左に首を振っていた。

「やめろやめろやめろ……」

「虎丸！　しっかりして！」

その体を揺するが眠りは深いようで目覚めない。

「せ、師匠、大丈夫なんですか⁉」

伊惟が障子にしがみついて叫んだ。怖くて部屋の中に入れないのだ。

晴亮は今更ながら、自分がなにも考えずに虎丸の部屋に飛び込んだことに気づいた。

視線を上に向けると青白い炎——これは鬼火か——はふらふらと漂ったままだ。

「大丈夫だ。あの炎は、鬼火は……」

自分に害をなすものではないと本能的に悟ったからだろうか、部屋に入れたのは。

「虎丸、起きて！」

揺すっても起きそうにないので、晴亮は声と一緒に虎丸の頬を張った。一度では足りない、二度、三度。

「うう……っ」

虎丸は呻いてようやく目を開けた。しかしその目は晴亮を映してはいなかった。

「が、ああっ！」

虎丸が咆哮し、晴亮に飛びかかる。長い腕が伸びて指が首を摑んだ。

「とっ……っ！」

布団に押しつけられ首を絞め上げられる。ものすごい力に息が止まる。いやその前に首の骨が折れてしまう——。

「虎丸！」

伊惟が虎丸に体当たりした。絞め付ける腕に爪を立て、必死に引き剝がす。

「バカバカバカ！　何をやってんだよ！」

それでも少年の力では引き剝がせない。伊惟は身を返して虎丸の枕元にあった太刀を手にした。

(伊惟……っ!?)

目の隅でそれを見た晴亮は驚愕した。

(なにを、するつもりだ……っ)

伊惟は鞘に入った太刀の先端を持ち、それを頭上に振り上げると、鍔の部分を虎丸の頭に振り下ろした。

ガキンッと酷い音がして、反動で伊惟の方がひっくり返る。

さすがに虎丸の手の力が抜け、晴亮は自分の身を引き離した。ゲホゲホと激しい咳が出る。

虎丸は布団につっぷし、片手を上げて頭を押さえた。

「師匠！　大丈夫ですか！」

跳ね起きた伊惟がすぐに晴亮を抱き起こしてくれた。

(だ、だいじょうぶ……)

言ったつもりだったが声が出なかった。

「ひどい……指の痕がこんなに……」

伊惟が泣き出しそうな声で言う。どれだけのことになっているのか確認するのが怖い。

「……は、る……？」

虎丸の声がした。顔をあげると虎丸が呆然と膝をついていた。伊惟がさっと前に出て、自分の身で晴亮を庇おうとする。

「虎丸！　どういうつもりだ！　師匠を殺す気か！」

伊惟が涙の混じった声で叫ぶ。虎丸の額からたらりと血が一筋流れ落ちた。

「ハ、ハル……」

青白い鬼火が強くなったり弱くなったりしながら虎丸の顔に不気味な陰影を作る。

虎丸はその炎を見上げ、それから布団の上に手をついたままの晴亮を見た。

「ハル……ハル……許せ……俺も、許してくれ……」

(も、もちろんですよ、ねぼけてたんでしょう？)

そう答えたかったのに声が出ない。だがそれが聞こえたかのように虎丸は首を振った。

「許してくれ、俺も許すと言ってくれ……俺の罪を、俺のしてきたことを……」

いったい何を言っているのか。虎丸の罪？　過去の——平安の頃の話だろうか。

「お、俺は」

虎丸は怯えた目で鬼火を見上げた。鬼火たちがぐるぐると天井を回り出す。

「俺は——俺は——人を殺したんだ、たくさん、たくさん……っ！」

伊惟が冷たい水をくんできて、晴亮と虎丸の前に湯飲みを置く。そして用心深く晴亮の隣に座った。

三人は虎丸の部屋にいた。鬼火は伊惟が戻ってくる前に消えていた。

「虎丸……あの鬼火は」

ようやく声が出るようになり、晴亮は虎丸に尋ねた。虎丸は寝間着の膝をぎゅっと握って、うつむく。

「今までも出たことがあったのですか？」

「……あった」

「全然気づかなかった」

ため息まじりに言う晴亮に虎丸は首を横に振る。

「こちらに来てからは出ていなかったと思う」

「じゃあ、前にいた場所——時代で？」

虎丸はうなずいた。

「あれはなんなんです？　おまえが言ったじゃねえか」

「鬼火だよ、おまえが言ったじゃねえか」

「しかし鬼火というのは……」

「火の玉だろ、人の魂だ！」

伊惟が鋭い声で言った。少し震えている。

「なんで火の玉があんたのそばに出るんだ。あんた、取り憑かれているのか」

最近はけっこう仲良くなっていたのに、今の伊惟は最初に会った時に戻ったような刺々しい言い方をする。晴亮はちらと伊惟を見て、黙らせた。

「確かに鬼火は人の心残りや思いだと言われています。虎丸、説明できますか？」

虎丸は唇を噛むと、絞り出すような声で答えた。

「……伊惟の言ったとおりだ。俺は取り憑かれている」

「そんな。じゃあ私が祓って……」

「いいんだ！」

晴亮の声にかぶせるように虎丸が叫んだ。

「いいんだ、あついらは何したって消えない。戻橋の師匠だって消せなかったんだ」

「せ、晴明さまでも!? それは――」

安倍晴明が祓えないものなら自分には絶対に無理だろう。なぜそんな凄まじいものを虎丸が背負うことになったのか。

「虎丸」

晴亮は膝を進めた。

「さっき許せと言ってましたね。なにがあったんです? あの鬼火に関係したことですか」

「………」

「私はあなたを許します、なにがあっても。だから話してください。あなたが過去から連れてきた鬼火について」

それでもしばらく虎丸はためらっていた。いつも飄々として自信たっぷりな虎丸が、今は怯えた弱々しい子供のようだ。

「虎丸。話してください」

晴亮がもう一度言うと、ようやく虎丸は重い口を開いた。

「俺は……物心ついたときは一人だった」

※

虎丸が覚えている一番古い記憶は燃え上がる小屋だった。自分は誰かに抱えられていたようだが、それが誰かはわからなかった。炎の中に誰かいたような気もするが、わからない。

そのあと一人になった。

腹がへったが食べるものはなかった。足下に生えている草を口いっぱいにいれ、呑み込んでは腹を壊した。

水たまりの水を飲み、バッタを捕まえて口に入れた。苦くて硬くて最初は食べられなかったが、火で炙ることを教えてもらってからは好物になった。

そうだ、教えてくれたのは寺の坊主だった。

虎丸のように一人で野良犬のように生きている子供を集めて、面倒を見てくれたのだ。

バッタや魚、蛙、蛇、沢ガニ、蟻、犬、猫、鳥……とにかくなんでも食べた。米は月に一度食べられればいい方だった。

そこでどのくらい過ごしたのか。

寺では田畑を作っていて、子供たちは重要な労働力だった。朝から晩まで牛や馬のようにこきつかわれた。夜に囲炉裏を囲んで飯を食うことだけが楽しみだった。

やがて重労働で体が逞しくなり背が伸びた頃、虎丸は寺を飛び出した。寺の坊主たちが子供らを荘園へ売り始めたからだ。荘園に売られれば死ぬまで働かされると聞いていた。

寺を出た虎丸は、生きるために力を奮うことを覚えた。人を脅したり殴ったりして金銭や食料を奪った。

そんな虎丸が当時群盗と呼ばれた盗賊団に入るのは自然な流れだった。

あちらの屋敷、こちらの屋敷と襲って金目のものを奪う。すがりつく郎党を足蹴にして、美しい布や金銭を奪うのは楽しかった。そして奪ったものは貧しいものたちに分け与える。

みんなが喜び、感謝してくれるのは嬉しい。今まで誰からも顧みられなかった分、虎丸は群盗に生きがいを感じた。自分たちがこの世で一番強い。虎丸はそう思っていた。

しかし群盗団もやがて勢いを失っていった。検非違使の力が強くなってきたのだ。仲間たちは追われ、狩られ、捕まっていった。

数が少なくなってきた群盗団は、余裕がなくなり、粗暴になった。人々に金銭を分け与えることはなくなり、押し込みも手当たりしだいの乱暴なものになっていった。

「館（やかた）の人間は殺せ」

群盗団の頭目は仲間たちにそう命じた。自分たちが捕縛されないために、目撃者を消せ、と。

今まで殴る蹴（け）るだけだった虎丸にも刀が与えられた。人を殺す道具だ。

その日忍び込んだ屋敷には女子供が多かった。郎党は少ない。

群盗団は女たちの打ち掛けを奪い、着物を出させた。

「命はとらない、大人しくしていろ」

虎丸は太刀をつきつけて言った。殺せと言われていたが抵抗しないならいいだろうと判断したのだ。

「どうしてこんな惨（むご）いことをするのですか」

女は子供たちを抱きながら震え声で、しかし、まっすぐ虎丸を見つめて言った。水のように流れる黒髪の、美しい女だった。

「生きるためだ」

「わたしたちも生きているんですよ。あなたと同じに」

「うるさい、命はとらねえと言っただろう！」

虎丸は太刀をきらめかせ、女の言葉を遮った。

首尾良く屋敷から金目のものを奪った仲間たちが、外へ出ろと声をあげている。虎丸はその声に従って外へ出た。

仕事は終わった、あとは帰るだけと少しほっとしていた。だが。

門から出ると背後が明るくなった。驚いて振り返ると屋敷が燃え上がっている。

勢いよく炎を噴き上げる館を前に、仲間たちは大声で歓声をあげた。

そのとき、虎丸は焼け落ちる館の中に、数人の子供と女性たちを見た。着物に火がついて人の姿のまま燃え上がっていた。

(どうしてこんな惨いことを)

女の口から炎が噴き出ていた。

(わたしたちも生きているんですよ、あなたと同じに)

子供たちが手を伸ばしていた。

貴族は違う生き物だと思っていた。だが、彼らも同じなのだ。自分とどう違う？

生きることに一生懸命なのは同じだ。

振り返ると炎に照らされて笑っている仲間たち。

真っ赤に染まったその顔は、鬼の姿だった。

鬼だ、みんな鬼だ。俺も鬼だ！

虎丸は悲鳴を上げ、この日初めて太刀を振るった。仲間たちに斬り掛かった。驚愕(きょうがく)

に口をあけた頭目の首をはね、馬に乗ることを教えてくれた仲間の胴を真っ二つにした。

襲いかかってくるものたちを斬り返し、突いて、潰し、薙ぎはらった。

気がつけば死体の山の中に一人だった。

そこを駆けつけた検非違使に捕らえられた。

牢に投げ込まれ、処刑を待つだけだった虎丸に声をかけたのは源頼光だった。

「盗賊団を一人で潰したそうだな」

虎丸はきらびやかな鎧を着た頼光をぼんやりと見た。

「おまえ、検非違使にならないか？」

大勢の役人たちの反対を封じて、頼光は虎丸を検非違使の一人とした。当時の検非違使は常に人員不足で、虎丸のように捕まえられた盗賊から強制的に召し上げられるものも多かったのだ。

「おまえは大勢殺し、傷つけた。おまえの命はこの先、人のために使え」

頼光は虎丸にそう言って太刀を渡した……。

※

ぼうっといきなり鬼火が虎丸の周囲で燃え上がった。青白い鬼火の中にかすかに人の顔が見える。その顔は口を開け叫んでいた。

なぜ　ころした

なぜ　ころした

　なぜ

　　なぜ　しななければならなかった……！

「と、虎丸！」

晴亮は思わず虎丸のそばから飛びすさった。鬼火は虎丸の体に移り、その身を燃やし始めた。だが虎丸はその炎の中で身動きひとつしない。

「この鬼火は……あのとき俺が殺した貴族の親子……それから群盗の仲間たち……こいつらはずっと俺に憑いているんだ……」

炎の中で虎丸が呟く。

「検非違使になっても、どんなに人を守って戦っても……こいつらは許しちゃくれねえ……俺はいつもこいつらにつきまとわれる……大江山の鬼退治に参加したのも……鬼を殺せば許されるかと思ったんだ」

まだか、まだ足りないのか。

賊を捕らえても物の怪を討っても、鬼火はやってくる。

江戸の世に来てからは姿を見せなかった。毎日が慌ただしく、思い出すこともなかったのだ。だが、霞との戦いも小康状態となり、暇を持て余すことが多くなった。

そんなとき、伊惟の話を聞いた。

「俺は……伊惟の親を殺した賊と同じだ。伊惟が親戚に引き取られ、辛い思いをしたのは俺のせいなんだ……」

「な、なにを」

伊惟が驚いて晴亮の背後から顔を出した。

「あんたのせいじゃない！　俺の親を殺したのはこの江戸にいる悪人だ！」

「それでも同じなんだよ！　俺は人殺しだ！」

鬼火が増える。もだえながら一つが二つに、二つが四つに分かれてゆく。苦しみ悲しみねじれる鬼火。

「あ……」

鬼火を見ていた晴亮は気づいた。鬼火の中の顔、その顔が。

「と、虎丸！」

晴亮は虎丸の体に手を伸ばした。指先に炎が触れる。しかし熱は感じない。

「虎丸！　この鬼火はあなたが殺めた人たちの魂じゃない。恨みつらみの炎じゃない！」

えっと伊惟が顔をあげ、鬼火を見る。目を細め、見つめているうちに気づいた。

「虎丸！　この鬼火の顔はあんただ！　鬼火はあんた自身だ！」

「そうです、この鬼火はあなたが自分で生み出しているんです、あなたの罪の意識が燃えているんです！」

「俺の……？」

「そうです、しっかりしてください。鬼火なんかいないと信じてください！」

虎丸は周囲を飛び回る鬼火を見て、それから燃え上がる自分の腕を見た。

「だめだ……これは俺の罪だ……俺の罰だ……俺は許されない……伊惟、すまない、おまえの不幸は俺が招いたんだ……」

「な、なにを馬鹿なこと言ってるんだよ！」

伊惟がわめいて、虎丸を包む炎のぎりぎりのところまで飛び出す。

「なにもかも自分のせいにするつもりか！　私の――おいらの不幸だって？　そうだよ、そいつはおいらの不幸だ、勝手に持って行くな！」

「伊惟……」

晴亮は伊惟を抱きかかえた。伊惟の目から涙がこぼれ落ちている。晴亮の腕の中で、伊惟は身をよじって叫んだ。

「おいらの両親は殺された！　おいらはおじさんに虐められた！　その通りだよ！

だけど今は不幸じゃない、師匠のそばにいられて幸せなんだ。そんな昔の話持ち出して、自分のせいだって言われたって嬉しくもなんともない！」

わあっと泣き出す伊惟に、虎丸は虚ろな目を向ける。

「おまえも俺を許さないんだな……」

虎丸から噴き上がる炎が激しくなる。晴亮は気づいた。今まで炎に害されなかった虎丸の肌にぶつりぶつりと火ぶくれができていることに。冷たい炎だった鬼火に熱が備わってきたことに。

「と、虎丸……」

「ハル……おまえは……俺を許してくれるのか……」

ゴクリと晴亮は息を呑んだ。許すと言うのは簡単だ。だが、そうじゃない、きっとそんな言葉では我が身を焼き尽くそうとする虎丸の炎は止められない。あまりにも激しくあまりにも悲しい青い炎。

「虎丸……私は……」

虎丸の髪が燃えてゆく。寝間着にも火が移り始めた。

「私が許すというのは簡単です。でもあなたはきっと許されない。他ならぬあなた自身が許していないからです。だれが許したってあなたは自分を許さない……だったらもう仕方ないじゃないですか」

虎丸の目に絶望の色が浮かぶ。しかし晴亮は声を励まして言った。

「罪を背負って生きなさい。生きて生きて、心があなたを責めたら謝ってください。謝って謝り疲れたら……そのときは私がそばにいます。そばにいてご飯を食べさせてあげます」

「ハル……」

晴亮は両手を広げ虎丸に笑いかけた。

「ねえ、一緒にご飯を食べましょう。桜が咲いたら花見に行きましょう。夏には花火も観に行きましょう。秋の紅葉狩り、冬の雪見酒。いろいろあります。なんでもつきあいます、いつもそばにいますよ。あなたがいないと物の怪を退治できない、私たちは――いろは堂は二人でひとつなんです」

伝わるだろうか？　罪の意識で縛られた彼の心に。

許されないことをした、けれど生きていかなければいけない。同じように死ぬのは簡単だけれど、虎丸は人のために生きることを選んだ。それがつらい夜もある。自分が許せなくて苦しむ朝もある。

だけど、そばにいるから。

「ハ、ル……」

虎丸の目に炎が移る。けれど目は燃え上がらなかった。一筋の涙がその炎を消したのだ。

鬼火は徐々に小さくなっていった。髪や眉が煙を上げていたが、やがてそれも消えていった。

終

「伊惟、虎丸に水を」

晴亮は言いながら手元の水を虎丸にかけた。手ぬぐいを濡らして火ぶくれた肌に当てる。伊惟は台所に駆けだして、すぐに桶に水を汲んできた。

「虎丸、顔をつっこんで」

晴亮が頭を押さえると抵抗することなくたらいに顔を沈めた。ひぃ、ふぅ、みぃ、よぉ……と数えているうちに、

「――――っぷあっ！」

やがて虎丸が勢いよく顔を上げた。

「馬鹿野郎！　殺す気か!?」

「虎丸……」

普段の口調が戻ってきてほっとする。虎丸が帰ってきた。

「ごめん、他の火傷はどう？　手も桶にいれて」

「……おう」

　虎丸は素直に赤くなった手もいれた。ぱちゃぱちゃと桶の中で指を動かす。

「……あの鬼火は俺自身だったんだな」

「ええ、そうですね」

「ずっと……殺したやつらだと思っていた」

「それもあるでしょう。あなたの心の中にずっといるんです」

「そうか」

　虎丸は濡れた手を持ち上げ、自分の胸をさぐった。

「ここに――俺が殺した人間も……物の怪もいるんだな。全ての命がいるんだな」

「はい、そしてこれからは私の中にも」

　晴亮も自分の胸に手を当てた。

「人に害なす物の怪も命。それを奪うことに、虎丸は気がつかないうちに疲れていたんですね」

　しみじみと言う晴亮に虎丸はちょっとすねた目をしてみせた。

「なんかそう言われると自分が情けないな」

「情けなくなんかありませんよ。虎丸は正常で優しいんです」

「よせよ、背中がぞわぞわする」

虎丸は小さく笑うと晴亮と視線をあわせた。

「……ありがとうよ、ハル」

「え？」

「俺の罪は許されない。だけどその罪を知ってもおまえは一緒にいてくれると言ってくれた。俺は何度鬼火に焼かれても……それで耐えていける」

虎丸の表情は穏やかだった。

「俺をこの時代に必要だと……そう言ってくれただけでも嬉しかったのに、な。おまえはおれを甘やかす」

「そんなつもりは」

と言いかけた晴亮を遮って伊惟が怒鳴った。

「そうですよ、師匠は虎丸に甘い！」

「伊惟……」

「ご飯を食べさせてあげるって、作るのは私なんですからね。一回にお茶碗三杯まで！　ちゃんとそれ守らせてくださいよ」

伊惟はそう言うと虎丸の顔の前に小さな壺(つぼ)を差し出した。

「なんだ？　これは」

「紫雲膏(しうんこう)……怪我に効くんだ。火傷にも。高価なものなんだから感謝して使え」

「そりゃあすまねえな」

虎丸はそう言うと指を壺に突っ込んで、ぐいと大雑把になすり取った。とたんに伊惟が目を三角にして怒り出す。

「こ、こら！　高価だって言っただろ、取り過ぎだ！」

「いいだろ、あちこち焼けてるんだから」

虎丸は赤くなった頬や腕にべたべたと塗ってゆく。それで足りないとまた壺に指を突っ込んだ。

「薄く！　薄く塗れば十分ゆきわたる！」

「ケチケチすんなって」

伊惟と虎丸がわあわあと騒ぎ出す。すっかり元に戻ったような様子に晴亮は微笑んだ。

虎丸の鬼火はまたやってくるかもしれない。でも自分と伊惟がいれば、虎丸は自分自身を焼き尽くしはしないだろう。

江戸の町を守るために、そこに生きる人の力になるために。なにより必要だと言った自分の言葉のために、きっとこれからも強く生きていくだろう――。

第四話　呪母木の祈り

序

冬の夜のことだった。月ですら夜の中に凍り付いているかのような寒さの中で、女が一人、寺の境内を走っていた。

雪こそ降っていないが、素足に地面は氷のように冷たいだろう。

女は一本の銀杏の木まで走ると、その前で頭を垂れ祈りを捧げた。

銀杏の木は異様な姿をしていた。枝や幹から乳房のように長い瘤が垂れているのだ。

銀杏の木にはときとしてこうした瘤ができる。その原因はこの物語から百七十年以上たった現代でも解明されていないが、その瘤の形状から乳持ち銀杏と言われ、乳の出に悩む母や、子が欲しい女たちの信仰の対象となっていた。

今、この木にすがっている女はあさという名で、商家に嫁いで五年、いまだに子ができなかった。

舅や姑に日々嫌みを言われてはいるが、一番子供を望んでいるのはあさ本人だ。

子供が好きなのだ。

子供ができたらどうやってかわいがろう、なにを食べさせ、なにを見せよう、笑わせて喜ばせて幸せにしたい……。

娘の頃からずっと夢見ていたのにその子供ができない。

明閑寺の銀杏の話を聞いてきたのは姑だった。

その銀杏はそれは見事な乳を持っている、何人もの石女の腹に子を宿した、ありがたい霊木だ。

そこであさはお百度参りに出た。夫はあさの身を心配し、もう少し暖かくなってからにしろと言ったがあさは聞かなかった。

つらければつらいほど、祈りを聞き届けてもらえるに違いない！

そうして通いに通ってようやく百回目に届こうとしたときだ。

「お百度参りかい？」

銀杏に額を当てて祈っていたあさに声がかけられた。はっと振り向くと黒い布で顔を隠した男がいた。

「赤子が授からないのかい、旦那に種がないんじゃないのか？　代わりに俺の種じゃどうだい」

男の目が嗤っている。

あさは恐怖で声もなく逃げ出した。しかし、すぐに捕まってしまった。

「おとなしくしろ！」

「いや、いや！」

あさは激しく抵抗し、男の懐にある硬いものに触れた。そこに手を入れ抜き出したのは匕首だった。無我夢中で振ると、男の首に傷をつけた。

「この野郎！」

男は激高し、あさから匕首を奪い返すと、それで胸を突いた。あさの体がびくびくっと痙攣した。

「くそっ、……くそっ！」

男はあさから離れ、首の傷に手を当ててよろよろと歩き出した。だが首から噴き出す血は思いがけず大量で、やがて男の足を止めた。男は膝から崩れ落ち地面に倒れた。

あさは銀杏に寄りかかり、男が死んでいくのを見ていた。自分もじきに死ぬのがわかった。

怖くはなかったが悲しかった。子供を一人も宿すことなく死んでいくことがただただ悲しい――。

「おまえののぞみはなんだ」

夜が聞いてきたのかと思った。静かで細い声だ。

「のぞみをかなえてやろう」

目の前に夢のように美しい貌(かお)があった。白銀の髪に青白い顔、額からは三日月のような一本の角――。

「まあ、なんて……」

あさは輝くようなその姿に手を伸ばした。

「わたしの望み……子供が、子供が欲しい……」

その手を美しい鬼が取る。

「子供をたくさん……その子をまもって……そのこといっしょに……」

あさの胸から溢(あふ)れた血を、銀杏の木が吸い上げる。垂れ下がる乳がいっせいに揺れた。美しい鬼は甲高い笑い声をあげて、女の望みの形を見た。

一

晴亮は母の月命日を迎え、墓に手を合わせていた。午後の日差しが土まんじゅうの上の丸い石を照らし、どこか柔らかく見せている。

先月は白牡丹(しろぼたん)を買った。今日供えるのは山吹の花だ。山吹の黄金(こがね)色は見ているだけで元気になる。

「おまえ、母親を覚えているのか？」

一緒に来ていた虎丸が聞いてきた。おざなりに手を合わせたあとは晴亮の背後に突っ立ったままだ。

「正直、顔は覚えていないですね。私が幼い頃だったので。兄たちが言うには母はよく私に話しかけていたそうですが、それもまったく……ただ、」

「ただ？」

「母のことを考えるとなんだか優しく甘い感じを思い出すので、それが母の感触だったのではないかと思います」

晴亮は照れくさい思いで答えた。

「兄たちに聞くと母の話をしてくれましたよ。どんな人だったか、こんな話をしたとか、ああ、そうだ」

晴亮は虎丸を振り返って笑った。

「明継兄上は母にそっくりだそうです。それで母の着物を着て、ままごと遊びをしてくれました。あとで父にこってり叱られましたがね」

「明継の美貌(びぼう)は母親譲りか」

「虎丸はどうなんです？」

晴亮の問いに、虎丸は髪をかきまわした。

「いや、俺はまったく。前にも言ったが燃えている小屋しか記憶にないからな。あの小屋に母親や父親がいたのかどうかもわからん」

「母上に会いたいですか？」

そう尋ねると軽く肩をすくめる。

「いや。最初からいなかったから別に懐かしいとも思わないな」

「そんなものですか？」

あまりにそっけない答えに思わず尋ねてしまったが、虎丸は変わらぬ様子で軽く応えた。

「そんなもんじゃねえか？」

話をしていると、屋敷の方から伊惟が走ってきた。

「師匠、井波屋の若旦那さまがお見えです」

「正太郎が？」

晴亮の口から出た気安い名に、虎丸は驚いた顔をした。

「だれだ？　それ」

「友人です。同じ学問所に通った仲間です」

「おまえに友人なんていたのか」

本気で驚いている口調に晴亮もさすがにむっとする。

「なんです？　私には友人の一人もいないと？」

「いや、まあ、うん……すまん」

虎丸はもごもごと歯切れ悪く言って、どうにも申し訳なさそうな顔をしているので晴亮は苦笑した。

「まあ、……一人なんですけどね」


晴亮は七歳から三年ほど「考學館」という学習塾に通った。井波屋という料亭の息子である正太郎とはそのとき出会った。

考學館は武家の師弟が通う塾だったが、井波屋は大名もお忍びで通うと言われたほどの高級料亭であり、料理の素材はもちろん、箸の一本にまでこだわりがある。その店のあととり息子にはふさわしい教養を身につけさせたいと、多額の寄付でもって特別に入塾を許されていた。

ただ、武家は金銭というものを下に見るくせがあり、それは子供たちも同じで、正太郎はよく虐められた。

同じように晴亮の寒月家も名字帯刀は許されているが、陰陽道という得体のしれない家業の子供、「呪われるぞ」とのけものにされていた。

話した切っ掛けは覚えていないが、乱暴な武家の子供たちと違い、おっとりとした正太郎の話し方に好感を持って一緒にいるようになったのかもしれない。晴亮がそばにいれば正太郎もちょっかいを出されず、二人は安心して学び、遊ぶことができた。

正太郎は晴亮にとって、初めてお互いの家を行き来できるような友人だったのだ。

成長して互いに跡取りとしての修業を始めてからはあまり会わなくなったが、季節の挨拶には家を訪れていた。その正太郎が急にやってくるとは……。


「やあ、お久しぶり」

座敷で会った正太郎は、福々とした頰にぺこりとえくぼを作って笑いかけてきた。

晴亮より一つ年上の彼は、子供の頃はひょろりとしていたのだが、今では貫禄も肉もついて、一流料亭の若旦那然とした落ち着きと、人を安心させる頼もしさを身につけている。

「うん、正月以来だね」

正太郎は手土産の重箱を晴亮に差し出した。いつもこうやって井波屋の高級料理を持ってきてくれる。しかし今日の重箱は普段の二倍の大きさがあった。

「ハルちゃんの家にとても強いお侍さんがいるって聞いてたからね、こんなもので足りるだろうか」

晴亮のことをハルちゃんと呼ぶのは、彼と彼の姉のお志摩だけだ。

「そんな。わざわざすまないね、気を遣わせて」

「寒月家の名前、有名になってるじゃない。ほら、こんなものまで手に入れたよ」

正太郎が懐から大事そうに取り出したのは、明継兄が作らせた『陰陽師晴亮　吉原を化け物から助くの図』だった。晴亮はあわてて両手を振り回す。

「なんでこんなの持ってるの！　恥ずかしいからやめて」

思わず子供のときと同じような口調になってしまう。正太郎はにこにこして、

「とても恰好いいよ。ほんとに吉原に鬼が出たのかい？」

「いや、本当はねぶとりっていう妖怪で……こんなの嘘八百だから！」

わたわたする晴亮に正太郎はくすくす笑って浮世絵をしまい込んだ。

「瓦版でもハルちゃんの活躍見てるよ。立派な陰陽師になったんだね」

瓦版は事件を解決するたびに、伊惟が書かせているものだ。

「いや、私がというか、一緒に戦ってくれる虎丸のおかげなんだ」

「虎丸、というのがお侍さんの名前？」

「うん。虎王院虎丸」

正太郎は腹を持ちあげるようにして、うなずいた。

「そりゃあ強そうな名前だ」

平安時代から来たというのは内緒だ。説明すると霞童子にも触れねばならなくなり、そんな凶悪な鬼が江戸市中にいるなどと心配させたくない。

ひとしきり近況を報告しあったあと、正太郎は姿勢を正した。

「実は今日は幼なじみのハルちゃんじゃなくて、陰陽師寒月さまにお願いがあってきたんだ」

そう言われて自然と晴亮の背も伸びた。

「私の姉のお志摩のことなんだけど」

「ああ、お志摩姉さん……確か、炭問屋に嫁がれた――」

子供の頃家に遊びにいって、二つ上のお志摩とも遊んだことがある。

「そのお志摩が身ごもってね」

「それはおめでとうございます」

「うん。もうじき生まれるんで家に戻ってきてるんだ――だけど、最近様子がおかしくて、お袋なんかは子供ができると気を病むこともあるって言うんだけど、どうもそういうのとは違う気がして」

「どういうこと？」

「この間ようやく聞きだしたんだけど、ずっと同じ夢を見るんだって……それが、」

お志摩が部屋で一人で寝ていると、誰かが廊下をやってくる。お志摩は身動きできずにその足音を聞いている。

ぺたぺたぺた……。

素足が床を踏む音だ。お志摩はそれが怖くてたまらない。横で寝ている夫を起こそうとするが、体は金縛りにでもあっているかのように動かない。

やがて障子がコトコトと開いて、誰かが（なにかが？）入ってくる。人ならば障子の前に立っている姿が見えるはずなのに、今は見えない。

そしてその誰かは（なにかは）布団の上から触ってくる。下からそろそろと触ってきて、やがて大きくなっている腹の上で止まる。そして——。

「腹の上から手をつっこんで赤子を取り出して行くんだって！」

正太郎は話し終わると、顔を覆ってきゃーっと女のような悲鳴をあげた。悲鳴をあげたいのは晴亮も同じだった。

正太郎は怖がりのくせに怪談話が大好きで、店でもときどき百物語の会などを催している。晴亮も何度か誘われたが、同じように怖がりでしかも怪談話が大嫌いなため、参加したことはなかった。

話が好きなら語りもうまくなるのだろう、正太郎の話は真に迫って怖かった。

「ふざけるなよ、正太郎」

「ふざけてないよ、本当に姉さんの言った通り話したんだ」

「怖すぎるよ。本当にそんな夢を何度も？」

「そう。最初から最後までまったく同じ夢をもう四日も見てるんだ。最近では怖くて眠りたくないと言うし……。頼むよハルちゃん。家へ来て、姉さんの話を聞いてやってくれないか？」


善は急げと、晴亮は翌日すぐに虎丸と一緒にお志摩の実家、つまり正太郎のいる井波屋に出向いた。井波屋はむくどり御殿のある松倉町に近い本所松坂町にある。

さすがに高級料亭、通りから門、入り口に続く踏み石まで、ゴミも汚れもなく、植栽の配置も一幅の絵のように美しい。

玄関で訪いを告げると、すぐに正太郎が飛んできた。

正太郎は月代も剃っていない虎丸に驚いた様子だったが、一瞬の動揺はすぐに消して丁寧に挨拶してくれた。

「昨日のお重はうまかったぜ」

虎丸が言うと正太郎の丸い頬に大きなえくぼが浮かんだ。

お志摩の部屋に入ると、かすかに伽羅の香りがした。心を静めるために焚いているのかもしれない。

「こんにちは、お志摩さん」

挨拶をすると正太郎の姉、お志摩は大きく目を見開いた。

「まあ、ハルちゃん……寒月さま」

「ハルでいいですよ、お志摩姉さん」

お志摩は布団の上に横たわっていた。体全体は痩せているのに腹だけが大きく突き出ていて、苦しそうだった。正太郎が座布団を折りたたんで姉の腰の下に当てる。

お志摩は大人しい正太郎と逆にお転婆で、かけっこも隠れん坊も上手だった。広い料亭の部屋を使って走り回り、三人して叱られたこともある。

そのお志摩がすっかり御新造さんらしくなって、ほつれた髪に色香さえ感じられた。

「長らくご無沙汰してしまいまして、申し訳ありません」

晴亮はそばに座ると、お志摩に向かって頭を下げた。同じように腰を下ろした虎丸を見て、紹介する。

「こちらは虎王院虎丸です。私の仕事を手伝ってくれています」

お志摩は嬉しそうに小さく手を叩いた。

「存じてますよ、お二人でかまいたちを退治したり、土の中から仏様を見つけたりなさっているんでしょう？」

どちらも瓦版のねただ。吉原の浮世絵までは見ていないらしいとほっとする。

「お志摩姉さんにはなにか気になることがあるとか……」

「あら、正太郎から聞いたのね。大丈夫よ、夢見が悪いだけだから」

お志摩は恥ずかしそうに笑ったが、目の下にはくまが浮いている。正太郎の言うようにあまり寝ていないのだろう。

「けれど何度も続くというのが気になります。夢は心の奥深いところで気になることを見せたりすると言いますから」

「それは……」

「その夢を見るようになった切っ掛けとかは無いのかい？」

虎丸が不意に話に入ってきた。

「身重だからいろいろと心配事はあるだろうが、なにかこれと思い当たることは？」

そう言われてお志摩は考えるように額に手を当てた。

「そう言えば……夢を見るようになったのはお寺さんに行ってからです」

「寺？　どこの」

「深川にある明閑寺です。あそこの境内に乳持ち銀杏があって……」

「ちちいちょう？」

「ええ、木の枝からたくさんお乳のような瘤が下がっているんです。あの木に願掛けすると子のない夫婦に子ができたり、母親の乳の出がよくなると言われてまして……

私も先月お参りにいってきたんです」

　晴亮は記憶を探ったが、明閑寺という寺は覚えがない。そもそも子だの乳だの、自分にまったく関係のないものは範囲外だ。

「深川だとけっこう歩きますね」

「ええ、竪川を渡って小名木川を越えて……休み休み行きました。それからしばらくして夢を見始めて」

　お志摩は心許なげに、囁くように言った。願をかけた木を悪く言って祟られるのが怖いのかもしれない。

「その寺は廃寺かい？」

　虎丸が聞くとお志摩は首を振った。

「いいえ、ちゃんとご住職さまがいらっしゃいます」

　虎丸は晴亮の方を向くと、「なにか感じるか？」と聞いてきた。

「ちょっと待って」

　晴亮は符を取り出すとそれをかざしてお志摩を見る。しかしなにか憑いているような影は見られなかった。

「大丈夫みたいだけど、念のため魔除けのお札を貼っていきます。きっと疲れが出ているんですよ、最近暑くなってきましたし」

晴亮は用意してきたお札を、お志摩の枕と入り口の障子の辺りに貼り付けた。

「安静にして、元気なお子さんを産んでください」

「ありがとう、ハルちゃん。あ、そうだ」

お志摩は敷き布団の下から紙を引っ張り出した。

「今日、ハルちゃんが来るって聞いてたから用意してもらったの。これに名前を書いてくれないかしら」

それは例の吉原の物の怪退治の絵。

「か、勘弁してくださいー！」

晴亮は顔を覆って叫んだ。お志摩も正太郎も笑い出す。虎丸も人ごとのようにニヤニヤしていた。その笑い声がぱっと部屋を明るくする。

「きゃっ！」

不意に細い悲鳴があがった。お茶を持ってきた女中が戸口で声をあげたのだ。

「どうした？」

虎丸がさっと片足を立てて聞くと、女中は慌てた様子で、

「も、申し訳ありません。蜘蛛を踏んでしまったようで」と答えた。

女中が足をあげると、そこに小指の先ほどの大きさの黒い蜘蛛が、青っぽい体液を散らして潰れていた。

二

同じ日の夜。

竪川沿いにある長屋の一室で、ちょっとした夫婦喧嘩が起こった。障子や襖の製作を請け負う建具師の新兵衛の家だ。

仲間と遅くまで飲んで帰ってきて、土間で動けなくなってしまった夫に、女房のおまさがひしゃくで水を浴びせかけたのだ。

「なにしやがんでえ！」

「なに言ってんだい！　あたしに子供の世話を押しつけて、自分は毎晩飲んだくれて！　どこにそんな余分なお金があるんだよ！」

「子供の世話は女の務めだろうが！」

「世話なんぞ毎日毎日やってるよ！　ちったあ手伝おうっていう情がないのかい！」

そんな夫婦の怒鳴り合いに、幼い子供の兄弟は背を向けていた。兄のしげ坊はまだ赤ん坊のよし坊の耳を手で塞いで、「うるさいねー」とあやしている。

そのしげ坊の目に大きな蜘蛛の姿が映った。大きなと言っても子供の目でみた大きさだ。大人からみれば小指の先だろう。

「くもだ。よるのくもはころしていいんだっけ」

しげ坊は弟から離れて蜘蛛を追いかけた。夫婦のいさかいはまだ続いている。しげ坊が真上から覗き込んで叩こうとしたとき、その蜘蛛の背中の模様に気づいた。それは不気味な髑髏の顔に似ていて、しげ坊と目をあわせると、ぞろりと歯を剝いて笑ったのだ。

「——まったくいい気なもんだよ！　あたしだってたまには外で蕎麦でも食いたいってのに！」

「行ってくればいいじゃねえか」

「子供二人抱えてかい！　あんたもいっぺん赤ん坊と子供を一度に抱いて歩いてみればいいさ、あたしの苦労がわかるよ……」

おまさの怒鳴り声は突然響いた子供の泣き声に消された。夫婦は初めて子供たちが一緒にいることに気づいたような顔をした。

「ああごめんよ、しげ坊。大きな声出して悪かったね」

おまさは振り向くと泣きわめいている息子を抱き寄せた。

「あれ……」

奥に寝かせておいた赤ん坊がいない。

「しげ。よし坊はどうしたんだい？」

しげ坊の泣き声がますます大きくなる。

「しげ、ちょっと。泣いていちゃわかんないよ」

「つ、つれて、かれた」

しげ坊は涙の間にようやく言葉を押し出した。母親の顔色が変わる。

「連れていかれたって、だれに⁉」

「く、くも……くもに、くもが……！」

おまさはしげ坊を抱いたまま立ち上がり、自分の腰の高さの窓を覗いた。しかし窓と外の塀の隙間はわずか一尺、子供が落ちるわけはない。しかもよし坊はまだはいはいもできないのだ。

「ちょっと、あんた！」

土間で寝転がっている新兵衛は酔って濁った目を開ける。

「よし坊がいなくなったよ！　捜しておくれ！」

「ええ……？」

新兵衛はもたもたと手足を動かし、玄関から外を覗いた。夜空には分厚い雲がかかり、うつろな目にはなにも見えなかった。

お志摩に魔除けの札を授けた翌日、正太郎がにこにこ顔でやってきた。

「ハルちゃん、すごいよ。お志摩姉さん、昨日は夢も見ずにぐっすり眠れたって。朝、ご飯を二杯も食べて、元気いっぱいだったんだ。ハルちゃんのおかげだよ！」

玄関先で大声を出す。まああがってと言うのに、これだけ伝えにきただけだから、とそのまま帰ってしまった。

上がりかまちには風呂敷(ふろしき)に包まれたお重が残されている。開けてみるとみっしりと上等な食べ物が詰まっていた。

「よっぽど嬉(うれ)しかったんだろうなあ」

虎丸はお重を抱えてほくほくしている。

「これで今日の晩ご飯も確保できましたね」

伊惟は虎丸からお重を奪った。

「おい、一口食わせてくれよ」

「なに言ってるの。そもそも今回虎丸はなにもしてないだろ？　師匠(せんせい)が一人でやったんだから」

「俺とハルはな、一心同体でな……」

言い合いながら台所へ向かう二人を見送り、晴亮は符が効いたことにほっとしていた。邪気がまったく感じられなかったので一般的な退魔の符だったのだが、広範囲に対応する分、力が弱い。

気休めみたいなものだったが、あれでお志摩が落ち着いて熟睡できたというなら嬉しい。

(でも念のためもう少し退魔の符を作っておくか)

その日の夕餉は井波屋の特製弁当に舌鼓を打ち、すっかり満足した虎丸は、なにを差し置いても正太郎の依頼は受けろと晴亮に厳命した。

酒も入り、いつもより早めに寝る準備をしていると、伊惟が障子の向こうから声をかけてきた。

「師匠、お客様です」

「お客?」

こんな時間に、と首をひねると「坂本さまです」と言う。火吹男の面退治を依頼してきた同心だ。

「わかった。座敷にお通しして」

寝間着の上に羽織を羽織って座敷にゆくと、坂本がぱっと畳に手をついて頭を下げる。

「夜分遅く申し訳ありません! 実はまた寒月どののお力を借りたいことがあって」

「坂本さま、どうぞお楽に」

晴亮はあわてて言って坂本の正面に座った。

「どうされたのですか？」

「神隠しなんです！」

「か、神隠し？」

坂本は前口上もなくいきなり切り出した。

「春先からずっと子供の神隠しが続いているのです、ご存じでしたか」

「いえ、知りませんでした。子供が……？」

「つい、昨日の夜も一人いなくなってしまいました。部屋の中で、しかも両親が揃っていたというのに、です」

坂本は理解できないという顔で自分の膝を叩いた。

「もちろん、奉行所も岡っ引きたちも懸命に捜索はしております。しかしこの時刻までまるっきり手がかりがない。これはもしかしたら――」

物の怪の仕業、という言葉をあえて呑み込んで、坂本は強い目を向けた。

「怪しいものを目撃している人はいるんですか？」

「それはいません。ですから、晴亮どのに現場に来ていただきたいのです」

「現場――神隠しのあった場所ですか？」

「はい。私どもにはわからない、なにかの気配が残っているかもしれません」

そういうわけで晴亮は虎丸を連れ、子供がいなくなったという長屋までやってきた。十軒ほどの家が路地を挟んで向かい合わせに建つ、ごく普通の長屋だ。どの家も風をいれるために入り口の戸は開けっぱなしにしている。長屋の住人たちがその開いた戸口から顔を出して覗いていた。

案内してくれた坂本は、訴え出た夫婦を晴亮に引き合わせた。夫婦は若く、妻は青ざめ今にも倒れそうだ。小さな男の子が怯えた様子で母親の後ろに隠れている。

「寒月どの、こちらが父親の新兵衛です。これは母親のおまさ。いなくなったのは二月たらずの赤子のよし坊だそうです」

「同心の旦那、こちらは……？」

新兵衛は不安な面持ちで晴亮たちを見た。無理もない。ひょろりと華奢な若い男は髷も結わずに首元で髪をくくり、もう一人はぼさぼさ頭でどこか古くさい衣装を身にまとっている。おまけに背中に弓を背負い、腰に手挟んでいるのは骨董品の太刀だ。

「こちらは陰陽師いろは堂の寒月どのだ」

「い、いろは堂？　あの吉原の鬼退治の」

こんな長屋にもあの絵は知られているようだ。ある意味、明継のやり方は名を知らせるには有効な手段だったようだ。

「じゃ、じゃあ、うちのよし坊は物の怪にさらわれたっていうのかい！」

新兵衛が叫ぶとおまさがわっと泣き出す。

「ま、まだ決まったわけではありません。それを確認するためにやってきました。お部屋を見せてくださいね」

晴亮は二人の相手を坂本に任せ、部屋の中を見せてもらった。小さな行灯に照らされたそこは、土間と四畳半が一つの典型的な長屋の造りだ。突き当たりには小さな窓があり、そこも開け放たれていた。だがすぐ外には木製の塀が立っており、大人が立てる隙間もない。

晴亮は畳の上に立って周囲を見回した。なんの気配も感じない。

「お子さんがいなくなったときは玄関もこちらの戸も開いていましたか？」

晴亮が土間にいる父親に聞くと、

「開いてた。だけど赤子はまだ立つこともできねえんだ。窓から外になんて出られねえし、念のためちゃんと見た。土間の方には俺とおまさがいたから、玄関から出られっこねえんだ」

そう憔悴した顔で答えた。

母親が手ぬぐいで目元を押さえながら嗚咽する。

「あたし、あたしが目を離したから……っ！」

「長屋の全員で捜したけれど見つからなかったそうです」

坂本が情報を追加する。

「部屋の中でなにか見ませんでしたか？　煙やもや、影のようなものでもいいんです。なにかいつもと変わったものがいませんでしたか」

「そんなものは見ちゃいねえよ！　陰陽師の先生、うちのよし坊はほんとに物の怪に？」

晴亮は縁台に立って外を見た。月は出ていて明るいが、それでも夜の捜索はむずかしいだろう。

そのとき、袴の裾をつん、と摘まれた。母親の後ろにいた男の子だ。

「どうしたの？」

晴亮はしゃがんで子供に視線をあわせた。子供はなにか言いたげに口を開けるが、もじもじと下を向いてしまう。

「なにか、言いたいことがあるのかな？　君の弟のよしちゃんのことを知ってるの？」

「……あのね」

「しげ坊！」

父親の新兵衛が怒鳴る。

「また巫山戯たことをぬかしたら承知しねえぞ！」

その途端、しげと呼ばれた男の子がくしゃりと顔を歪めた。

「だって、だって」

「新兵衛さん、もしかしたらしげちゃんがなにか知ってるかもしれませんよ？」

「知るわけねえだろ、おかしなことばかり言うんだ」

「子供の目というのは大人が見えないものも見えるんです」

「だけどよ……！」

言いかける新兵衛の顔の横に、虎丸がどすんと手をついた。壁がぎしりと鳴る。

「ちょっと黙っててくんねえか？　俺たちが知りたいのはそのおかしなことなんだからよ」

虎丸は父親を睨みつけたあと、しげに向かってにやりとして見せた。

「話してくれよ、なんだって聞くからさ」

しげ坊は一瞬怯えた目で虎丸を見たが、やがてぎゅっと唇を噛み、晴亮にまっすぐな視線を向けた。

「あのね、かおのあるくもがね、よしちゃんをつれていったの」

晴亮と虎丸は長屋の屋根の上に登った。虎丸は平気な顔でひょいひょいとはしごを登ったが、晴亮はへっぴり腰で、屋根の上に立つこともできず這いつくばっている。夜中で足下も見えず、瓦はガタガタと動くので怖いのだ。

「な、なにかありますか？」

晴亮が聞くと、虎丸は目の上に手をかざして周囲を見回した。

「うーん、どうかな……」

夜の中に八百八町の瓦は暗く沈んでいる。月の光の下で凪いだ海のように動きがない。

「お、」

不意に虎丸は声をあげ、ガチャガチャと瓦を鳴らしながら駆けだした。

「どうしました？」

「こっちこい、ハル」

虎丸の声に晴亮は腰を屈めながらそろそろと近づいた。よりによって屋根の一番端だ。

「ほら、見ろ」

「え……？」

闇の中を指さされ、最初はなにを見ろと言われているのかわからなかった。だが、そのうち虎丸が指さしているものが見えてきた。それは月光にキラリと光る細い細い糸だ。

「これは、蜘蛛の糸？」

「そうだ、この糸なんだがずっと向こうまで続いている」

さすがにそこまでは見えない。

「蜘蛛がこんなに長い糸を渡すとは思えない。それにさっきしげが言ってただろ、顔のある蜘蛛って。それが赤子にたかってあっという間に窓から連れ出したって」

「はい」

虎丸は晴亮を振り向いてゆっくりと言った。

「以前、御所で、人の顔を背負った蜘蛛が、出たことがある」

「それって……」

ああ、と虎丸は顎を引く。

「あやかしだ。宮中の女をさらおうとしたのを検非違使が退治した」

「じゃあ、子供をさらっているのは……」

「それと同じ蜘蛛かもしれん。この糸を追おう」

晴亮は月光にきらりきらりと光る糸を見て、ぶるぶると首を振った。

「い、いや、ちょっと待ってください。夜中に屋根を伝っていくのは無理があります」

「じゃあどうするんだよ」

顔をしかめる虎丸に、晴亮はにこりとしてみせた。

「任せてください。水虎を使います」

晴亮は坂本に言って水の入った桶を用意してもらった。それを屋根の上にあげると、虎丸の刀を借りて自分の親指を少し切る。

真っ赤な血が一滴二滴と桶の中に滴った。

「その姿虎に似て虎に非ず、魚に似て魚に非ず。川の流れの如く速きもの、水の音の如く清きもの。寒月晴亮が命ず。水虎よ水虎、来たれ我がもとに。疾う疾う！」

桶の上で九字を切り、最後に晴明紋の符を水面に浮かべた。とたんに水が噴き上がり、そこから二体の水虎が飛び出す。

「よく来てくれた！」

晴亮はすり寄ってくる水虎の喉を撫で、眉間をくすぐる。水虎はごろごろと雷鳴のような音をたて、魚の尾をびたりびたりと瓦に打ち付けた。

「頼みがあるのだ。そこに蜘蛛の糸が見えるだろう？」

晴亮が指さすと、水虎たちは喉の奥で警戒のうなり声をあげた。あやかしのものだとわかったのだろうか？

「この糸を追ってくれ。赤子が連れ去られたのだ。あやかしが拐かした可能性がある」

晴亮は二体の大きな頭を抱えながら、優しく言った。水虎はわかった、と頭を動かして、さっと長屋の屋根から次の屋根へと飛び移る。

「彼らを追いましょう」

晴亮と虎丸は屋根から下りると、坂本と新兵衛夫婦に赤子の行方を追うと伝えた。

「あ、あんたにはよし坊がどこにいるのかわかるのかい」

新兵衛は半信半疑で聞いてきた。

「今はまだわかりませんが、彼らが導いてくれます」

晴亮は屋根の上の水虎を見上げた。当然新兵衛たちには水虎の姿は見えない。

「大丈夫だ、必ず連れて帰るよ」

虎丸は目を泣きはらしているおまさに声をかけた。おまさは「お願いしますお願いします」と手を合わせる。

晴亮たちが去ったあと、しげ坊が両親に言った。

「やねのうえにおっきなねこがいたよ……おさかなのしっぽをした」

「お前またいいかげんなことを」

怒鳴りかけた新兵衛をおまさが止める。

「やめてよあんた！　この子はずっと本当のことを言ってるんだよ」

おまさはそう言うとしげ坊をぎゅっと抱きしめた。

「一緒に祈ろう、よし坊が帰ってきますようにって」

三

月光に輝く屋根の上を水虎が跳ねて駆けてゆく。太い前肢で力強く屋根を蹴ると、瓦がガシャンガシャンと音を立てる。なにか落ちたのかと顔を覗かせるものもいるが、普通の人の目には夜風のようなその姿を見ることはできない。

晴亮と虎丸は水虎を追って走っていたが、二町（約二百二十メートル）も走らないうちに晴亮の息が切れてきた。

「もうへばってんのか、だらしねえぞ」

「す、すみません」

水虎が屋根の上で立ち止まり、こちらを振り返る。足の遅い人間を待っていてくれるらしい。

「おまえ、もう少し鍛えなきゃだめだな」

虎丸が呆れた顔で言う。

「そ、そうですね……頑張ります、明日から」

晴亮はぜえぜえ言いながら、それでもなんとか足を止めることなく駆け続けた。

「あそこだ」

水虎たちがこんもりと木が茂る、塀に囲まれた場所に入っていった。塀の上に見える屋根の造りを見ると、どうやら寺の敷地らしい。門の方に回ったが、暗くて寺の名前は読めなかった。ありがたいことに、扉は開け放たれている。

「どうしましょう、ご住職に挨拶（あいさつ）しますか」

「寺にいると言っても、敵か味方かわかんねえ。ここは黙って入らせてもらおう」

二人は門をくぐって境内に入った。足下で砂利がチリチリとさえずる。一面に敷き詰められた白い小石が、月の光に雪のようにも輝いて見えた。

境内で一際目を引いたのは大きな木だった。胴回りは大人が三人ほど手をつないで囲えるだろうか？　四方八方に枝を伸ばし、みっしりと葉をつけている。月を隠してそれ自体が闇のようだ。

夜目にも白いしめ縄がかけられたその巨木の周りを、水虎たちが駆け回っている。どうやらここが蜘蛛の糸の終着点らしい。

「でかい木だな」

「これは……」

ただ大きいというだけでなく、異様な姿の木だった。枝という枝から長い瘤（こぶ）が垂れている。葉の形は扇形。銀杏（いちょう）の木だ。

「もしかしてお志摩さんが願をかけたという——乳持ち銀杏か！」

ということはこの寺は明閑寺。

晴亮と虎丸は用心深く銀杏に近づいた。

「なんか木の幹にくっついているぞ？」

月の光の下で巨木の幹に白い物がいくつも見える、と虎丸が指さした。闇を透かして見るとそれはさまざまなお札だった。

晴亮は懐から火打ち石を取り出すと、符に火をつけてその札を読んだ。どの札も「安産祈願」「授かり祈願」と書いてあり、子を願う女の気持ちが綴られている。

「こんなにも世の人は子供が欲しいものなのか」

お志摩はこの木が昔からたくさんの女性たちの信心を集めていたと言った。この木はずっと、女性たちの思いを吸い上げているのだ。

しかし、だとしたらなぜ蜘蛛の糸がこの木に……？

と、真下から木を見上げた晴亮はぎょっとした。木の枝からなにかがぶら下がっている。

丸い実のようなものがいくつもいくつも――。

晴亮は火のついた符を頭上に飛ばした。符は燃え尽きる前に実のそばまで飛んで、その姿を照らしだす。

「あっ！」

それは白い繭のようだった。いや、その実の一つからはみ出しているのはむっちりとした赤ん坊の手——!

「虎丸! あれだ、あの実の中に赤子が……!」

「なんだと!?」

虎丸も頭上を見上げる。しかし人の手では届かない場所にある。

「水虎! あの繭を取れないか?」

晴亮の声に応えて水虎たちが繭に突進した。枝から下がっている糸に牙が触れようとしたとき、突然銀杏の木が大きく震えた。

「……えっ」

伸びていた枝が大きくうねって水虎たちの体を撥ね飛ばす。水虎は地面に叩きつけられる直前、反転して前肢で体を支えた。

「水虎!」

もう一体が唸りを上げる枝に噛みつく。銀杏は悲鳴のように大量の葉を震わせた。ざあっと舞い散る葉が晴亮や虎丸の視界をさえぎる。

「水虎、戻れ! もういい!」

なおも銀杏に飛びかかってゆく水虎たちに晴亮は叫んだ。しかし二体は果敢に繭に挑もうとする。だが、繭に近づく前に振り回された枝に撥ねのけられた。

「水虎！　水虎！」

晴亮は地面に転がる二体のそばに駆けより、その体を抱えた。

「大丈夫か、ここで待て！」

水虎たちは銀杏に向かって牙をむき出し怒りを表したが、晴亮が重ねて言うと、悔しげに呻きながら体を低くした。

銀杏はまだ枝を激しく震わせている。虎丸がそばに駆けて来た。

「どうする、このままじゃ近づけねえ！」

「符で封じてみます」

晴亮は懐から符を数枚取り出した。呪言を唱え呪縛の印をつける。

「これで少しは大人しくしてくれればいいが」

符を投げようとしたとき、不意に背後から白い腕に搦められた。

「ひゃあっ！」

まるっきり油断していた晴亮は大声で叫んでしまった。その腕の冷たさ、細さに新たなあやかしかと振り向いて、信じられないものを見た。

「お、お志摩姉さん……！」

晴亮に抱きついていたのはお志摩だった。見ると虎丸にも数人の女たちがすがっている。

「おい、放せ！　放さねえか！」

虎丸が腕を振るって女たちから逃れようとする。晴亮は彼女たちの何人かのおなかが大きなことに気づいた。

「虎丸！　乱暴しないで！　身ごもっている人がいます！」

「くそっ！」

虎丸は女たちをなんとか引き剝がそうともがいていた。物の怪相手なら殴り飛ばせばすむが、身重の女ではそうもいかない。一人を離すともう一人がしがみついてくるのでやりづらそうだった。しかし晴亮はお志摩一人を持て余している。

お志摩の腹は今にも生まれそうに大きい。こんな体はどう扱っても壊れそうだ。

「お志摩姉さん！　しっかりして！　目を覚まして！」

自分の体に絡みつくお志摩の腕を持って目を見るが、彼女の目は焦点が定まらず、意識がはっきりしていないようだった。そんな状態でお志摩は晴亮の持つ符を狙ってくる。銀杏の木に操られているのは明白だった。

「……姉さん、すみません！」

晴亮は叫ぶとお志摩に呪縛の符を押しつけた。とたんにお志摩の体が棒のように硬直し、背中から地面に倒れてゆく。

「わあ！」

あわてて抱きとめて地面に寝かせる。そのとき首に黒い蜘蛛が這っているのを見つけた。それを払いのけ足で踏み潰す。こわばっていたお志摩の体の力が抜け、目が閉ざされた。

「虎丸！　蜘蛛だ！　その人たちの体のどこかに蜘蛛がいる、それを殺してくれ！」

「わかった！」

虎丸はそう言うと、いきなり自分に抱きついている女性の着物をはだけさせた。そうされても女は声もあげず、抵抗もしない。

「いた！」

乳房の上に黒い蜘蛛がいる。それを指先でひねり潰すと女の体がくたくたと崩れた。

「ハル！　手伝ってくれ」

「は、はい」

駆けだそうとしたとたん、襟首を摑まれる。えっと振り向くと銀杏の枝がするすると伸びて首に、腕に、胴に絡んできた。

「う、うわあっ！」

「ハル！」

そのまま後ろ向きにつり上げられる。目の前を大量の銀杏の葉が覆った。なにも見えない。

きなかった。

「ハル！　ハル！」

葉の向こうから虎丸の声が聞こえる。だが枝が胸を締め付け、声をあげることもで

「た、助け……！」

（く、苦しい……！）

一瞬、意識が遠のく。暗くなった視界に走る女の姿が見えた。

（だ、誰……？）

女は境内を走って乳持ち銀杏の前までくると膝をついて頭を垂れた。すぐに立ち上がって本堂の賽銭箱の前まで行き、そこでも頭を垂れる。そしてまた銀杏まで駆け戻る。

（これは……お百度参りか）

女の声が聞こえた気がした。

――どうか子供をお授けください――

（授かり祈願……？　これは……誰の記憶……？）

――どうか子供をお授けください――

女の感情が流れ込んできた。子ができない悲しみ、苦しみ。心ない人たちからの陰口や嫌み。こんなに必死なのに、夫はその苦しみをわかってくれない、その恨み。

名前もわかった。あさ、だ。あさは毎晩銀杏に願を掛け、ようやく百回になろうとしたのに。

不意に目の前に見知らぬ男の顔があった。

――代わりに俺の種じゃどうだい――

あさの全身を貫く恐怖とおぞましさが晴亮にも伝わってきた。

（ああ、この人は……！）

胸が火を押し当てられたように熱い。見下ろすと匕首が刺さっていた。

あさは銀杏に願掛けをしているときに、見知らぬ男に殺されたのだ。その無念さが、悲しみが、晴亮の中に一気に流れ込んできた。

――子供が産めない。子供を産まないまま死んでしまうのか――

あまりの悲しみに気が遠くなる。倒れかけたその手を誰かが摑んでくれた。

「おまえののぞみはなんだ」

目の前に白銀の髪の美しい顔。この顔は知っている。知っているが……どこか……違う……でもこの顔は彼だ……彼？　誰だったろう……。

「もうなにも考えなくていいんですよ」

優しい声がした。

いつの間にか締め付けている堅い枝はたおやかな腕に変わっている。この腕――。

「心配しなくていいんですよ……晴太郎はいい子ね」

晴太郎？　それは私の幼名だ。

「いい子ね、いい子。ゆっくりお休み……」

甘やかで優しい。この腕に身を委ねていればなにも案ずることは無い。ああ、これは——。

「は、はは、うえ……？」

記憶の底の底。覚えていないはずの母の声。晴亮は全身の力を抜いた。

もうなにもしなくていい、ただこうして抱かれていれば。だけど。

(母上……でも、お顔が見たい。一目見たい。幼い子供だった私は見ていたはずだ。頭のどこかに母の顔を記憶していないか？　一目、一目でいいから……)

意識の片隅に男に殺される女の姿もある。彼女の無念さが銀杏の木に取り憑いていることも感じられた。そして美貌の鬼が彼女の望みを叶えたことも。

だけど今はそんなことより自分の望みを叶えることに必死だった。

(ああ、ほら、唇が見える。ヤマモモのような鮮やかで柔らかな赤い唇が。その唇で私の名を呼ぶ)

「はるたろう……いい子ね……強い子になるのですよ……人を助けて自分も助けられる……そんな子に……」

「ははうえ……」

優しい目が微笑んでいる。その目に向かって晴亮は答えた。

そうです、私は人を助けたい。人を助けたいのです、母上。

今、目の前にいるこの「人」を。無念の鬼となり銀杏に取り込まれた人を、「呪母木」に変化してしまった、母親になりたかったこの人を、あささんを――。

四

「ハル！」

体にドンッと衝撃が走った。目を開けるとすぐ前に虎丸の顔がある。

「無事か!?」

虎丸は水虎にしがみつき、幹を駆け上ってきたらしい。次々と迫り来る枝を、刀を振り回して切り落としていた。

「と、虎丸は大丈夫なんですか、夢は？　夢に取り込まれなかった？」

「夢ぇ？　なんだそれ」

母親の記憶がまったくない虎丸は母の夢に取り込まれなかったようだ。

「もう少し我慢しろよ、今……！」

そう言って胴を締め付けていた一番太い枝を斬る。バキバキッと枝がちぎれる音が響く。

「うわ……っ！」

まっさかさまに地面に落ちる寸前に、水虎が身を挺して受け止めてくれた。その背から転がり落ちながら懐の符を取り出す。

「縛！」

投げた符は大銀杏の幹にぱしりと貼り付いた。呪母木が枝を震わせ大量の葉を落とす。ギギギ、と軋む音を立てて、枝の動きが鈍くなった。

「水虎！　あの繭を」

命じるより早く二体の水虎が飛び上がり、鋭い牙で繭を吊していた糸を切った。

「……っと」

虎丸は繭を受け取る。晴亮もおたおたと走り回って受け取った。水虎は躊躇なく次々と糸を切り、あわせて七つの繭が地上に落ちた。

繭を形作っている糸をメリメリとはがすと、赤子が穏やかな顔で眠っている。さすがに母と子の守護木、子供を傷つけることはなかったらしい。

「子供は返してもらいます。もうこんなことはしないでください！」

晴亮は呪母木に叫んだ。

「あなたの気持ちが全部わかるとは言えない。しょせん私は子をなせない男子ですから。でも、」

晴亮は赤子をぎゅっと胸に抱きしめて言った。

「子供の気持ちは……わかります。子供は母親に会いたい、母と一緒にいたいんです！」

呪母木の幹がぐうっと反り返り、そこに人の姿が浮き出てきた。それは乳房を持った若い女の姿だった。

「……あささん……」

呼びかけた晴亮を虎丸が振り向く。

「知ってるのか？」

「この木に捕まったとき、この人の感情が流れ込んできました。あささんは乳持ち銀杏に子宝の願掛けをして、それで……」

「願い叶わず死んじまったか」

晴亮が最後まで言えなかった言葉を虎丸が引き取った。

「だからってなあ、他人の子供を奪うこたぁねえだろう！」

ぶるぶると呪母木は身を震わせしきりに葉を落とす。それか晴亮には涙のように思えた。

姿が変わっていたのだ。

晴亮はさきほど夢の中で見た鬼の姿にちょっと自信がもてなかった。それほど霞は

「ええ、……霞、たぶんあれは霞なんですが……」

「霞に？」

「虎丸。この人は霞童子に利用されたんです」

「あささん、あれは鬼です。人の思いに取り憑いて、この世を混乱させようと企む鬼です。あれの思うようにしたら、たくさんの子供が苦しむ世の中になってしまいます。それはあささんの本意ではないでしょう」

（あかちゃん……）

女の、あさの声が聞こえた。耳にではなく、心で聞いた。

（あかちゃんが……ほしかったの……）

「あささん……」

母上、と晴亮は胸の中で叫んでいた。

——どうすればいいのでしょう？　私はどうやってこの悲しい人を救えばいいのでしょう。教えてください、母上——

そのとき、ぞわりと背筋の毛が立ち上がったような気がした。はっと呪母木を見上げると、その幹の下が黒くなっている。いや、あれは。

「蜘蛛だ！」

　虎丸が叫んだ。晴亮も見た。無数の蜘蛛がざわざわと呪母木に群がり登って行く。そして晴亮の貼った符に辿り着くと、じわじわとそれを侵食していった。

「まずいぞ、符の効力が切れる！」

　やがて符が全て蜘蛛に喰われ、呪母木はあやしの力を取り戻した。枝が再びざわざわと蠢き始める。だが、晴亮たちに襲いかかるのをどこかためらっているようにも見えた。

「――なにをしている。そいつらを殺せ」

　澄んだ甲高い声が夜空に響いた。虎丸が声の方に視線を向ける。

「おまえは！」

　本堂の屋根の上にその姿があった。銀色の髪の孤高の鬼。

「お、おまえは――霞？　霞なのか!?」

　さすがの虎丸も一瞬躊躇したようだ。そう、そこにいたのは、霞と同じ白銀の髪、三日月の一本角、雪のような白い肌の、誰もが目を奪われる……美しい少年だった。

　おそらく十にも満たないだろう。伊惟よりも年が下に見える。

「子供じゃねえか……」

　その言葉に少年は顔を歪ませる。

「我の見てくれがなんだと言うのだ！　姿は変わろうと我は大江山の主、酒呑童子が配下、霞童子！　貴様らに地獄を見せる鬼よ！」

「……やっぱり霞童子なんですね。姿が変わりすぎてて自信はなかったんですが」

「おまえ、それが本性なのか」

　虎丸が苦笑する。

「俺にやられて大人の姿を保てなくなったんだろう。そんななりで俺と戦えるのか」

「うるさい！　貴様などこの姿でも十分だ！　呪母木！　早くそいつらを殺せ！」

だが呪母木は沈黙していた。晴亮の言った言葉が彼女の胸のどこかを打ったのだろうか。

「くそっ！」

　霞童子がこぶしを握ってそれを振り上げると、地面に置いていた赤子の一人がふわりと宙に浮いた。

「あっ、だめだ！」

　飛び上がって摑もうとしたその手を避けて、赤子はすうっと本堂の上、霞童子の手の中に落ちる。霞は赤子を抱くと、がくりと膝を落とし、はあはあと肩で息をした。

　これだけのことにかなり力を消耗したらしい。

「やつらを殺さなければ……この赤子は死ぬぞ！」

霞童子は息を切らしながら呪母木に言った。呪母木は再び枝を震わせた。枝がうねって二人に襲いかかる。

「くそ、だめだ！　先に霞をやらないと！」

「待って、待ってください！　私たちがあの子供を取り返します、協力してください、あささん！」

枝の勢いが弱まる。虎丸は自分を摑み取ろうとしている枝を逆に手で引っ張った。

「俺を締め上げる振りをして、あいつのところに放ってくれ」

その言葉が通じたかどうか、枝はしゅるしゅると虎丸の胴体を締め上げた。

「うわあっ！　放せえ！」

虎丸は大げさな声をあげて両手を振り回す。呪母木の枝は次々と高い位置に虎丸を放り上げ、最後に体中をしならせて、屋根の上へと投げつけた。

「霞！　覚悟！」

そのまま頭上から刀をひらめかせる。霞はさっと赤子を盾にした。

「く……っ」

虎丸が刀を引くと、霞が太くした右腕で虎丸を摑んだ。

霞の意識が虎丸に集中した瞬間、晴亮が符を放った。それはまっすぐに霞に向かって行く。

「水虎！　虎丸を！」

　続いて水虎たちが飛びかかる。霞は三方向からの襲撃に判断が遅れた。符は赤子を抱く方の腕にぱしりと貼りつき動きを封じる。こぼれた赤子は一体の水虎が受け止めた。もう一体は虎丸を捕まえている腕に嚙みつく。

「ぎゃあっ！」

　虎丸を捕らえている霞の手の力が抜け、それを見逃す虎丸ではなかった。

「くらえっ！」

　太刀が大きく振りかぶられ霞の額に叩きつけられる——寸前、霞の姿はその名のように消えてしまった。ガキン！　と刃が瓦を叩き割る。

「くっそ！　また逃げやがった！」

　虎丸が拳を握り慚愧の咆哮をあげる。晴亮は水虎がくわえてきた赤子を受け取った。

「よかった。赤子は無事です」

　腕に抱きかかえ呪母木に見せると、ぱらぱらと青い葉が舞い落ちてきた。安堵のため息だったのかもしれない。

「う、う——っ！」

　背後で押し殺した悲鳴があがった。晴亮が振り向くと、お志摩がびくびくと痙攣をしている。

「う、産まれる……ッ」

着物の裾が真っ赤になり、腰の下に水がひろがっていっているではないか。

「お、お志摩姉さん！」

晴亮は真っ青になった。今まで蜘蛛に――霞に操られていたお志摩の意識が戻ったのだ。

「ハ、ハルちゃん？　なんであたしこんなところに……ああっ！」

お志摩は腹を押さえて縮こまる。

「赤ちゃんが、あか、ちゃんが！」

「ど、どうしよう……」

晴亮は本堂の屋根にいる虎丸に叫んだ。

「虎丸！　赤ちゃんが産まれる！」

「なんだとおっ⁉」

虎丸も、水虎たちもうろたえているようだった。無理もない、自分たちとはまるっきり縁もない出来事だ。

「どうしたら……そうだ、お湯！　お湯がいる！　虎丸、お寺の人を起こして、お湯を沸かしてもらって！」

「お、おお……」

虎丸が屋根から飛び降り本堂の戸を叩き始めた。

「姉さん！　しっかりして」

「ハ、ハルちゃん……っ」

お志摩は仰向けになり脚を開いた。

「あ、あかちゃんを……」

「む、無理ですよ！　私にそんなことは……」

「助けて……赤ちゃんを助けて……」

そのときだった。呪母木が枝を大きく曲げて、一番細い部分をお志摩の脚の間に差し込んだ。

「あっ、あっ……っ」

他の枝が呆然としている晴亮を弾き飛ばし、まるで鳥かごのように、いや、かまくらのようにお志摩の周りを包み込む。

「ああ……」

お志摩は自分に伸びてくる枝を握りしめた。

「たすけて、たすけて……っ」

「お志摩姉さん！　あささん！」

晴亮は呪母木が作った産屋の外で叫ぶことしかできなかった。

「ああ――――っ！」

お志摩の絶叫が響き渡った。真っ青になった晴亮の耳に、やがて力強い赤ん坊の泣き声が聞こえてきた。

「姉さん……あささん……」

呪母木の枝でできた産屋がぱらぱらと枯れて崩れてゆく。中を覗くとお志摩が血まみれの赤子を抱いて横たわっていた。呪母木の枝もその赤子を撫でている。枝からは樹液だろうか、白い液体があふれ出て、赤子の血や胞衣を溶かしていった。

「あささん……」

お志摩が涙を浮かべながら微笑む。

「あたし知ってるわ、あなたのこと。ずっと夢を見てたの」

枝を摑んで頰を寄せる。

「力をくれてありがとう……この子は……あたしとあなたで産んだのよ」

晴亮は呪母木を見上げた。幹に浮き出ていた女は微笑んでいる。彼女は満足そうな顔をしていた。

「あささん……ありがとう」

本堂の方が騒がしくなり、住職や僧、それに虎丸が鍋を抱えて駆けてくるのが見えた。

手を振る晴亮の背後で、メリメリと大きな音がした。振り向けば、乳持ち銀杏がゆっくりと倒れて行くところだった。

終

晴亮は母親の墓に手をあわせた。今日の花は白い芙蓉。季節は夏に向かっている。

「お志摩姉さんの赤ちゃんは順調に育っているようですよ」

産まれたのは男の子で、お志摩は銀杏にあやかって銀太郎と名付けたという。そのうちもう一人産まれたら、杏という字をつけるのだと言っていた。

「ああいうとき、男は本当に役に立ちませんね。銀杏が……あささんが手伝ってくれなければどうしようもありませんでした」

乳持ち銀杏は枯れて倒れたが、母親がその前で子供を産み落とし、それを助けたことで一層信心は広がった。

枯れた木にも女たちの願いは毎日届いているらしい。

「母上も私を産むときあんなに大変でしたか？　痛い思いをさせてすみませんでした」

話しかけるとふっと額に優しい風が吹いた。それが母親の笑いのように思え、晴亮は額を押さえる。

「またここか」

虎丸がやってきて、手に持っていた百日紅(さるすべり)の枝を芙蓉の隣に置いた。

「母上にご報告していたのです」

虎丸も晴亮と一緒にしゃがんで軽く手をあわせる。

「霞の件だが」

「はい」

「あいつの本性、子供だったよな」

晴亮は本堂の上に立っていた少年の姿を思い出してうなずいた。

「あいつが酒呑童子に執着するのはそのせいかもな」

「そうですね」

考えれば霞童子の行動は子供っぽい。江戸の世にあやかしを増やせば酒呑童子が戻ってくるのではないかというのも子供の発想だ。

やり方も目についた人間をあやかしに変えるという手当たり次第の方法で、計画性もなにもない。

「酒呑を親と思っているのかもな」

「そうかもしれません」

以前、虎丸と霞が対峙したときのことを思い出す。虎丸は言った。俺たちはこの世界に不要な存在なのだと。

あのとき、霞は泣きそうな顔をしていなかったか？

「霞童子が子供で……張り合いがなくなりましたか？」

晴亮が聞くと虎丸はにやりと笑った。

「いいや。しつけの悪いガキの尻を叩いてやりたくてたまらねえよ」

「なんとか彼を捕まえましょう。寂しさからこんなことをしているなら、説得して、わかってもらえるかもしれない」

虎丸は呆れた顔をした。

「相変わらずお前は甘いな」

「誰だって……たとえ鬼だって、やり直しはできるんですよ。できると思いたい」

また優しい風が前髪を吹き抜ける。

（晴太郎……いい子ね、いい子……）

母親の声が聞こえた気がした。霞にとって、酒呑がそう言って頭を撫でてくれる存在だったのかもしれない。

私も虎丸も霞も、失ったものを追い求めるのは同じだ。でもそれはあの雲のように、届かない。その事実を呑み込んで、前に進まなければだめなのだ。

晴亮は青空にわきあがってゆく白い雲の中に、この時代にさまよう美しい鬼の子供の姿を探していた……。

本書は書き下ろしです。

いろは堂あやかし語り
怖がり陰陽師と鬼火の宴

霜月りつ

令和6年 10月25日　初版発行

発行者●山下直久

発行●株式会社KADOKAWA
〒102-8177　東京都千代田区富士見2-13-3
電話　0570-002-301（ナビダイヤル）

角川文庫 24368

印刷所●株式会社暁印刷
製本所●本間製本株式会社

表紙画●和田三造

ISBN 978-4-04-115551-6　C0193

◇◇◇

角川文庫発刊に際して

角川源義

第二次世界大戦の敗北は、軍事力の敗北であった以上に、私たちの若い文化力の敗退であった。私たちの文化が戦争に対して如何に無力であり、単なるあだ花に過ぎなかったかを、私たちは身を以て体験し痛感した。西洋近代文化の摂取にとって、明治以後八十年の歳月は決して短かすぎたとは言えない。にもかかわらず、近代文化の伝統を確立し、自由な批判と柔軟な良識に富む文化層として自らを形成することに私たちは失敗して来た。そしてこれは、各層への文化の普及滲透を任務とする出版人の責任でもあった。

一九四五年以来、私たちは再び振出しに戻り、第一歩から踏み出すことを余儀なくされた。これは大きな不幸ではあるが、反面、これまでの混沌・未熟・歪曲の中にあった我が国の文化に秩序と確たる基礎を齎らすためには絶好の機会でもある。角川書店は、このような祖国の文化的危機にあたり、微力をも顧みず再建の礎石たるべき抱負と決意とをもって出発したが、ここに創立以来の念願を果すべく角川文庫を発刊する。これまで刊行されたあらゆる全集叢書文庫類の長所と短所とを検討し、古今東西の不朽の典籍を、良心的編集のもとに、廉価に、そして書架にふさわしい美本として、多くのひとびとに提供しようとする。しかし私たちは徒らに百科全書的な知識のジレッタントを作ることを目的とせず、あくまで祖国の文化に秩序と再建への道を示し、この文庫を角川書店の栄ある事業として、今後永久に継続発展せしめ、学芸と教養との殿堂として大成せんことを期したい。多くの読書子の愛情ある忠言と支持とによって、この希望と抱負とを完遂せしめられんことを願う。

一九四九年五月三日

角川文庫ベストセラー

角川文庫ベストセラー